密命将軍 松平通春

悪の華

早見　俊

コスミック・時代文庫

この作品はコスミック文庫のために書下ろされました。

目次

第一話　大岡裁きの罠

一

「通春《みちはる》さま」

という声がかかった。

享保《きょうほう》七年（一七二二）の小正月、門松《かどまつ》は取り払われ、代わりに柳《やなぎ》の枝の茎《くき》を削《けず》ってチリチリの房《ふさ》のようにした削り掛けが、縁起物《えんぎもの》として民家の軒先《のきさき》に飾られている。

吹く風は肌寒いが、早春のやわらかな日差しが降りそそぎ、青空にあがる凧《たこ》が正月の名残《なごり》を感じさせた。

松平《まつだいら》通春は声のほうを見た。

日本橋《にほんばし》の表通りを入った横丁に店をかまえる、油問屋丸太屋《まるたや》の離れ座敷である。

通春は、丸太屋の居候《いそうろう》であった。

だが、この居候、ただ者ではない。

松平通春、尾張徳川家《おわりとくがわけ》三代藩主・綱誠《つなのぶ》の息子、子沢山な綱誠ゆえ、なんと二十男である。齢は二十七、居候の部屋住みには勿体《もったい》ない男盛りだ。

江戸にやってきたのは九年前。

享保元年（一七一六）徳川吉宗《よしむね》が八代軍将軍に任官するとほどなくして、従五《じゅご》位下《いのげ》主計頭《かずえのかみ》というごたいそうな官位を授けられ、御家門衆に加えられた。

すらりとした長身、雪のように白い肌、どことなく品格のある面差《おもざ》しは、いかにも若殿さまだ。ただ、切れ長の目がややつりあがり、やんちゃな一面をうかがわせもしている。

そしてなにより、名は体《たい》を表わすの言葉どおり、ふんわりと温かみのある春風に包まれているような風情《ふぜい》を漂わせていた。

「ご相談があってまいりました」

声の主は、離れ座敷の濡《ぬ》れ縁《えん》からのびる階《きざはし》の下で一礼した。

上等な羽織《はおり》、袴《はかま》に身を包んだ立派な武士だ。

南町奉行、大岡越前守忠相《おおおかえちぜんのかみただすけ》であった。

通春は、隣に座る星野《ほしの》藤馬《とうま》を見る。

江戸に来て通春の小姓《こしょう》となって以来、側近《そっきん》として仕《つか》えている。歳は三つ下の二十四歳、弟のような存在だ。通春とは対照的に、浅黒くてごつい顔、顔に合わせるように身体も丈夫そうにがっしりとしている。

藤馬は立ちあがり、

「大岡さま、どうぞおあがりください」

と、濡れ縁まで出てお辞儀をした。

では、と大岡は階をあがり、濡れ縁で平伏してから座敷に入った。

通春の脇ですやすやと寝入っていた三毛猫が両目を開け、首を持ちあげた。

コメという飼い猫だ。通春と藤馬が離れ座敷に居候する前から、ここに住みついていた。

丸太屋の娘、お珠《たま》によると、コメは野良猫で、知らず知らずのうちに住みついてしまったそうだ。野良とは思えない上品さを漂わせ、魚ではなく米が原料のおかきが好物という、変わり猫だ。そこから、お珠がコメと名づけた。

コメは通春にはなついたが、藤馬にはなつこうとしない。当初は藤馬もコメに気に入られようと、好物のおかきを与えたり、頭を撫《な》でたりしたが、かえってコメの不興を買い、爪を立てられるとあって、なるべく近寄らないようにしている。

コメは早春の日差しを満喫《まんきつ》しようと、陽だまりのなかで両目を閉じた。

通春は、大岡忠相と向きあった。

名奉行は心なしか落ち着きを欠いている。藤馬が、

「まあ、御奉行、お茶でもいかがですか」

と、気を遣《つか》って茶を淹《い》れた。

大岡はうなずき、ひと口含んだ。

続いて通春を見返してから言った。

「恥を承知でのお願いでござります」

「恥なんて思わないがいいさ。恥ずかしいから物が言えないのだったら、とんまなどは、ずっと黙っていなきゃいけない。なあ、とんま」

とんま、とはもちろん藤馬に引っかけたあだ名である。通春は藤馬を茶化して、大岡の気持ちをほぐした。

藤馬も、伊達に通春に近侍《きんじ》しているわけではなく、通春の意図は理解したものの、

「まったくですよ。旅の恥はかき捨て、と言うじゃありませんか」

と、とんちんかんな励ましをした。

幸い、大岡は意を決したように居住まいを正すと、語りはじめた。

「拙者《せっしゃ》が裁いた一件がございます。一年ほど前でした。幼子《おさなご》の母親にふたりの女が名乗りをあげ、どちらが本当の母親なのかを拙者は裁いたのです」

お白州《しらす》に控えるふたりの女と、数え五つの少年に対し、大岡は命じた。双方の女に、少年の手を引かせたのだ。引き寄せたほうが本当の母親である、と大岡は告げた。

ふたりの女は、我こそは本当の親だとばかりに男の子の手を引っ張った。男の子は右に傾き、左に傾き、やじろべいのように揺れた。

やがて、左側の女が力いっぱい引っ張った。あまりに力が強く、男の子は泣きだしてしまった。

そのとき、右側の女は手を離した。

苦しむ男の子を見かねての態度である。

「そこで、拙者、手を離したほうの女を、母親と見なしたのです」

母親ならば息子が苦しむ様を見ていられない、苦しむようなことをするはずがない、と大岡は判断したのである。

「知っていますよ。大変な話題になりましたからね。読売《よみうり》なんぞは大岡越前守さまの名裁き、ってそりゃもう連日にわたって書きたてていましたから」

藤馬が言葉を添えると、大岡は苦笑を漏《も》らした。

「それが、どうかしたのかな」

通春は問いかけた。

「……拙者の裁きは正しかったのか、近頃、深い疑念にとらわれておるのです」

大岡は言った。

藤馬が半身を乗りだして問いを重ねようとしたのを、通春は制した。目で大岡に話の続きを求める。

「ひと月ほど前、昨年師走《しわす》の十日のことでした。相対死《あいたいじに》の亡骸《なきがら》が、大川《おおかわ》に浮かんだのです」

相対死、すなわち心中の亡骸が、大川に浮かんだ。男と女はお互いの手足を縄で縛り、大川に身投げをしたのだった。

元禄期《げんろくき》、近松門左衛門《ちかまつもんざえもん》作の人形浄瑠璃《にんぎょうじょうるり》、「曾根崎心中《そねざきしんじゅう》」が大坂《おおさか》、道頓堀《どうとんぼり》の竹本座《たけもとざ》において上演され、これが大評判となった。以後、近松は、「冥途の飛脚《めいどのひきゃく》」「心中天網島《しんじゅうてんのあみじま》」など心中を描いた作品を書いて好評を博し、歌舞伎《かぶき》にもなる。

庶民の間に、心中への憧《あこが》れが生まれた。この世で遂《と》げられない色恋をあの世で叶《かな》えよう、という男女が現われる。

こうした風潮を、八代将軍となった徳川吉宗は嫌い、なおかつ危険視した。若い男女が死を望む退廃的《たいはいてき》な世となる……人心の乱れを戒《いまし》めるため、吉宗は心中に禁令を出した。「心中」という名についても、美名に過ぎるとし「相対死」と名前を指定した。

相対死を遂げた者は、遺族に亡骸が引きわたされることもなく、遺族に弔《とむら》いを出させないようにした。また、相対死を決行したものの死にきれずに生き残ったなら、三日間、晒《さら》しものにされたうえ、非人に身分を堕《お》とされるのである。

「その相対死の一方はお縫《ぬい》、なんと拙者が母親にあらず、と見なした女でした」

大岡は続けた。

「こりゃ、びっくりだがや」

大きく目を見開いて、藤馬は驚いた。興奮すると藤馬はお国言葉が出るのだ。

丸太屋の娘、お珠は大の読売好き、彼女の影響で藤馬も読売を買い求めるようになった。ところが、このところ大岡が語った心中の記事は見かけない。心中の片割れが大岡裁きを受けた女とは、いかにも読売好みの事件である。

藤馬の疑問を察し、大岡は説明した。

「拙者の南町も北町も、相対死を読売が扱うのを厳しく取り締まっておりますゆえ、記事にはなっておらぬ」

将軍吉宗が強く心中を取り締まるよう通達しているため、町奉行所も心中事件には敏感であるのだ。今回のお縫の心中事件も、南町奉行所内で隠密裏《おんみつり》に処理された。

「相手は何者だったのだ。亭主《ていしゅ》ではないだろう」

と、通春は推測した。

心中は、この世でままならぬ男女がおこなう。ふたりの関係は、世間から認められない場合がほとんどだ。

不倫関係、親の反対で夫婦《めおと》になれない男女、身分差がある、等々である。

わけても読売が好むのは、身請《みう》けの金などないが女郎《じょろう》に思いを寄せる男、一方の女郎も、意に染まない金持ちに身請けされようとしている。ふたりは相思相愛を貫《つらぬ》かんと心中する……というものだ。

「侍、そう浪人《ろうにん》でした。上州榛名藩《じょうしゅうはるなはん》五万五千石、紀藤相模守昌明《きとうさがみのかみまさあき》さまのご家来であった、馬場民部《ばばみんぶ》という者です」

大岡が答えると、

「浪人とお縫が……ああ、そうだ。お縫って女は何者だったんですか。てっきり、商家の女将《おかみ》かって思っていましたが」

藤馬が疑問を差しはさんだ。

「神田相生町《かんだあいおいちょう》の呉服屋、美松屋《みまつや》の主人・庄右衛門《しょうえもん》の女房だった。後妻であるがな。美松屋は、庄右衛門で五代目という老舗《しにせ》だ。呉服のほか、女物の小間物も扱っておる」

大岡は藤馬に向いた。

「庄右衛門と馬場民部という浪人とのかかわりは、なんだったのですか」

藤馬は問いを重ねた。

「主人、庄右衛門の碁仇《ごがたき》であったそうだ」

「碁仇……」

藤馬は、碁石を打つ格好をした。

「美松屋庄右衛門は、大変な囲碁《いご》好きでな。囲碁となると目がない」

庄右衛門にかぎらず、世の囲碁好きは始末に負えない。夢中になるあまり周囲が見えなくなる。

時が経つのも忘れ、仕事そっちのけ、親の死に目にも遭えない連中が、珍しくない。

「庄右衛門は相当な腕だったのですか」

藤馬の問いかけに、大岡は苦笑した。

「当奉行所が、奉公人たちや近所の碁会所で聞きこんだのだが、中の下といったところだったとか。ま、それは世辞の部類に入り、はっきり言えば下手《へた》の横好きであったのだろう」

時に金を賭《か》けることもあった。そうなると、相手も手を抜かない。庄右衛門の腕に合わせて好勝負を展開していた相手も、本気になる。

すると、庄右衛門に勝機はなく、取られる一方となってしまった。

負けがこみ、さすがの庄右衛門も嫌気が差して、もう碁会所に来ない、と癇癪《かんしゃく》を起こした。

そこへ、馬場民部が現われた。

「馬場は、浪人特有のうらぶれた感じとは無縁の男であったそうです」

歳は三十前後、すらりとした長身で月代《さかやき》は残したものの、髭《ひげ》はきれいに剃《そ》っており、着物も地味な木綿《もめん》ながら清潔に保たれていた。物腰もいたって折り目正しかったそうだ。

　榛名藩紀藤家を離れた理由は不明だが、御家を離れたのは二年前、浪人をしたのを機に、妻とは離縁した。妻は榛名藩の藩士の娘であったため、子どもを連れ実家に戻った、と庄右衛門は証言したという。

「馬場は庄右衛門と碁を打ちました。すると、好勝負とあり、庄右衛門は気分がよくなったそうです」

　それからたびたび、碁会所でふたりは碁を打つようになった。周囲の者は、馬場が庄右衛門からでっかく巻きあげよう、つまり鴨《かも》にしようと狙《ねら》っている、と噂《うわさ》していたそうだ。

「好勝負を演じて、庄右衛門を気分よくさせておいてから、金を賭ける。しかも、初めのうちは馬場がわざと負け続けて、賭け金をつりあげてゆき、大金が賭けられたところで馬場が勝つ、ということですな」

　藤馬が確かめた。

　そのとおり、と大岡は答えてから続けた。

「周囲はそのように見ており、なかには庄右衛門に忠告する者もいた。しかし、庄右衛門は、馬場さまはそんな下衆《げす》なお方ではない、と聞く耳を持たなかった」

実際、馬場は庄右衛門に金を賭けようと持ちかけることはなかった。

そのうち、庄右衛門はわざわざ会所で碁を打つこともなかろう、と馬場を自宅に招くようになった。凝《こ》り性《しょう》の庄右衛門は豪華《ごうか》な碁盤《ごばん》を用意し、奉公人たちに邪魔されないよう離れ座敷で、ふたりきりになって碁を打ったそうだ。

碁を打っているときは、奉公人や家族も極力、離れ座敷に立ち入らないようにさせた。

「馬場は庄右衛門の家に通ううちに、お縫と道ならぬ恋に陥《おちい》った、のですね」

藤馬は「道ならぬ恋」という言葉を、情感をこめて語った。

「そのようだな」

大岡が肯定《こうてい》すると、

「庄右衛門も複雑な気持ちでしょうね。まさか、碁仇の馬場民部に、女房を寝取られようとは」

読売なら喜びそうなネタだ、と藤馬は言い添えた。

「それで、大岡さんがお裁きの誤《あやま》りを感じているのは……」

と、通春は話題を戻した。

「ああ、そうでしたな」

うっかりしておりました、と大岡は言ってから続けた。

「男の子、幸吉《こうきち》、と申したのですが、相手の女のお信《のぶ》が母親ではなく、本当はお縫の子ではなかったのか、と疑えてきたのです」

大岡の言葉に藤馬は、

「じゃあ、間違ったお裁きじゃないですか」

と、素《す》っ頓狂《とんきょう》な声をあげた。

「だから、申しておるではないか。わしは誤ったのかもしれぬ、と」

大岡は不愉快そうに顔をしかめた。

「ああ、そうでした」

藤馬はぺこりと頭をさげた。

「お信のほうは、いまなにをしているのだ」

通春が問いかけた。

「それが……お信の行方が知れないのです。息子、幸吉とともに姿をくらましました」

お信は医師小峰法庵《こみねほうあん》の娘であった。小峰の診療所を手伝い、自身も医術を学んでいたそうだ。

「小峰はいるのか」

通春の問いかけを、

「おります。が、お信と幸吉の行方は知らないそうです。昨年の師走にお信は幸吉を連れて出ていったきり、なんの音沙汰《おとさた》もないということでしたな」

大岡は、南町奉行所の同心が聞きこんできた、と言い添えた。

「お縫は心中……いや、相対死。お信と幸吉は行方知れず、か……しかも、相対死も、お信と幸吉が行方知れずとなったのも、昨年の師走だ。偶然にしては、なにやら不穏《ふおん》なものを感じさせるな」

通春は言った。

「それで拙者が、幸吉がお縫の子だったのでは、と疑う根拠《こんきょ》なのですが」

大岡は通春に語りかけた。

「そうだったな」

「お縫は庄右衛門の後妻と申しましたが、以前は武家の妻女であったのです」

お縫の過去について、庄右衛門はくわしくは語らなかった。

しかし、奉公人、周囲の聞きこみの結果、お縫が榛名藩紀藤家の家臣の娘で、榛名藩邸の奥向きで奉公していたという証言を得た。

庄右衛門の後妻となったのは一年半前、一昨年の文月《ふみづき》であった。それまでは、榛名藩邸の奥女中であったのだ。

「それが真実ならば、馬場が庄右衛門に近づいたのは、お縫と会うことが狙いであったのでは、と思えてきます」

大岡の言葉に、

「きっと、そうに違いありませんよ」

藤馬は一も二もなく決めつけた。早合点は、藤馬の特徴である。

「お縫と馬場の関係は」

通春が問うと、

「榛名藩に仕えていたころ、夫婦だったんですよ」

藤馬が先まわりして答えた。

大岡は首を左右に振り、

「不明のままです」

馬場とお縫は相対死を遂げたため、立ち入った探索はおこなわれなかった。榛名藩邸にも問いあわせたが、当家とは無関係の者、と木で鼻をくったような回答しか得られなかったという。

大岡がお縫や馬場、さらにはお信や幸吉について南町奉行所で聞きこみをおこなわせたのは、つい五日前だった。

心中が起きたときは相対死として処分し、気にとめなかったが、今年の正月の初夢に一年前の幸吉をめぐるお白州の夢を見た。

それ以来、妙に気になりだして、内々に探索しはじめたのである。

調べると、疑問は深まった。ところが、相対死の探索は控えねばならない。

そこで、通春を頼ることにした。

松平通春は、将軍徳川吉宗から密命将軍に任じられている。密命将軍は、吉宗に代わって、江戸市中で起きたさまざまな問題、事件を解決する役目を担《にな》う。

事件の探索ばかりか、吉宗の目や手足となって、民が安寧《あんねい》に暮らしているのかを確かめる……すなわち、民情視察の役割も果たさねばならない。

「なるほど、そういうことか」

もっともらしい顔で、藤馬は腕を組んだ。

対して通春は、

「それで、まだ、大岡さんが幸吉はお縫の子だったのでは、と疑う根拠は聞いていないよ」

と、指摘をした。

そうでした、と大岡は頭をさげた。

一気呵成《いっきかせい》に語らないことが、大岡の迷いを物語っているようだ。

「これは、拙者の勝手なる考えでござる」

と、前置きをしてから、

「近頃、榛名藩邸で、御家騒動の噂が漏れてきたのです」

榛名藩・紀藤相模守昌明は、昨年の夏に病死した。家督は一子、鶴千代《つるちよ》が継いだ。鶴千代は五つの幼子ながら、他に男子がなく、幕府も鶴千代が家督を継ぐことを了承した。

「その鶴千代君こそが幸吉ではないのか、と拙者は考えるのです」

「そんな馬鹿な……」

藤馬は否定したが、

「なるほど、これはおもしろいな」

途端に、通春は興味を示した。

大岡は、通春が自分の考えを否定しなかったことに安堵《あんど》したようだ。一礼をしてから、

「町方ではもちろん、紀藤家の御家騒動になど立ち入ることはできません。それでも、おもしろい話を同心が聞きこんできました」

前藩主昌明には別にひとり、息子がいたのだった。

「側室《そくしつ》に生ませた子です」

ところが、正室《せいしつ》の紗枝《さえ》は、悋気《りんき》の激しい性格であった。我が子の鶴千代可愛さに、側室の子を側室ごと藩邸から追いだした。

「いやな話ですね」

藤馬のつぶやきに、大岡は苦笑してから、

「まったくですな。ところが、紗枝さまの生んだ鶴千代君は亡くなってしまった、という噂があります」

「すると、大岡さんはその側室がお縫で、幸吉こそが鶴千代だと考えるのだね」

通春が確かめると、大岡は首肯《しゅこう》した。

すかさず藤馬が疑問を投げかける。

「じゃあ、お信と幸吉は、どうつながるのですか」

「そこが、よくわからないのだ。なんらかの理由で、お信は生母のお縫から幸吉を奪う必要があったのではないか」

ともかく、お縫と馬場のかかわり、鶴千代と幸吉が同一人物か、お信がどう幸吉にかかわるのか……すべては五里霧中《ごりむちゆう》の中にある、と大岡は嘆《なげ》いた。

「加えて相対死だな。こうなると、果たしてお縫と馬場は相対死であったのか、それも勘繰《かんぐ》られる」

通春は冷静に指摘した。

「まさしく」

わが意を得たり、と大岡の顔には書いてある。

「して、大岡さん。おれに、その一件を調べろってことだね」

念のため、通春は確かめた。

「仰《おお》せのとおりです」

大岡は両手をついた。

「わかったよ。調べてみる」

「お任せください。名奉行、大岡越前守の名を汚《けが》さないようにします」

藤馬もおおいに張りきった。

「ありがとうございます。拙者の尻ぬぐいをしていただくようで、まことに申しわけなく存じます」

厳《おごそ》かに大岡は言葉を添えた。

「なに、こっちは暇《ひま》だからかまわないよ。ひとつ貸しってことで……あ、いや、一件が落着したとしてだけどね」

通春の言葉に、大岡は笑った。

「高くつかなければ」

「まあ、あとはおれたちに任せて、しばらくはこの一件を忘れることだな。じゃないと、お裁きに影響するからね。過去の一件の裁きを、ここまで深く考えるのは、大岡さんらしい誠実さだけどな」

「どうも拙者はこだわりが強いようで、いつまでもあとを引きずってしまいますな」

大岡が反省の弁を述べた。

「性分だからしかたないさ」

通春はコメを抱き寄せた。コメは目を細め、大岡に鳴き声を放った。

「猫も、通春さまのおっしゃるとおりだ、と拙者に小言を言っておるようです」

頭を掻《か》く大岡に応じるように、コメは、にゃあお、とひときわ大きな声で鳴いた。

大岡が帰ってから入れ替わるように丸太屋の娘、お珠がやってきた。

お珠は物見高く、野次馬根性丸出しである。通春を訪ねるときはたいてい読売を持参しているのだが、今日は持っていない。

代わりに、

「豆福《まめふく》の大福《だいふく》ですよ」

と、紙包みを通春の前に置いた。

たちまち藤馬が、

「豆福っていうと、芝《しば》の増上寺《ぞうじょうじ》門前にある菓子屋だね。美味《うま》いって評判だ。お珠ちゃん、気が利くね」

などと言いながら、紙包みに手を伸ばした。

それより先に、お珠が紙包みをさっと取りあげ、

「とんまさんに気を使ったんじゃないの。どうぞ、通春さま」

と、紙包みから大福を取りだし、通春に差しだした。

「どれ、食してみるか」

通春は笑顔で受け取る。

次いでお珠は、自分の分を確保して藤馬を見る。

「じゃあ、遠慮なく」

ふたたび藤馬が手を出そうとすると、

「お茶を淹れてよ。気が利かないわね」

またもお珠にやりこめられて、藤馬はぶつぶつと文句を言いながらもお茶を淹れた。藤馬がお茶を淹れる間、

「コメにはこれね」

と、お珠は袖《そで》からおかきの入った紙包みを取りだした。コメも心得たもので、にゃあお、と機嫌よく鳴きながらお珠のそばにやってきた。

自分はコメ以下か、と内心で愚痴《ぐち》り、藤馬は三人分のお茶を淹れた。さすがにコメにお茶は不要だ。

なにせ猫舌だからな、と藤馬は心の中で冗談を言い、ひとりで笑った。

それを目聡《めざと》く見つけたお珠が、

「とんまさん、思いだし笑いなんて気持ち悪いわよ」

と、非難した。

まったくうるさい娘だ、などという不満は口が裂けても言えない。藤馬は素直に詫《わ》び、ようやくのこと大福にありつけた。

通春が食べるのを確認してからひと口食べた。

「美味い！」

お珠への不満が吹き飛んだ。

やわらかでむっちりとした餅《もち》と、しつこくはない甘さの餡《あん》が絶妙に合っている。

食していると、自然と笑みがこぼれた。

それは通春とお珠も同様で、初春の昼下がり、離れ座敷はほんわかとした雰囲気に包まれた。

笑顔で大福を頰張《ほおば》る人間たちを横目に、ひとり、いや一匹、コメは音を立てながらおかきを食べていた。

二

通春と藤馬は、手分けをして聞きこむことにした。

まず藤馬は、庄右衛門を訪ねた。

縞柄《しまがら》の小袖に草色の袴、下級武士の気楽な物見遊山《ものみゆさん》といった風だ。

大岡から聞いた囲碁好きということから、藤馬は神田相生町、呉服屋美松屋の近くにある碁会所に足を踏み入れた。

周囲の者から庄右衛門を教わり、それとなく近づく。折よく、庄右衛門は対局を終えたところだった。歳のころ三十代なかば、小袖に羽織を重ねた身体は中肉中背、顔つきは柔和《にゅうわ》であるが、どこにでも居そうな商家の主人である。

「一局、お手合わせを所望したい」

藤馬は野太い声で語りかけた。

「はあ……」

庄右衛門は藤馬を見あげた。

「碁を打ちたいのだ」

藤馬は重ねて申し出た。

「はい、ああ、喜んで……ただし手前は、へぼでござります」

馬場のことで懲《こ》りたのか、庄右衛門は遠慮がちに言った。

「なに、かまわぬ」

言うや藤馬は向かいに座った。白石は藤馬、黒石を庄右衛門が持った。

と、ここで庄右衛門は、周囲を気にしだした。なんでも、あれこれと口をはさむ者がいるそうだ。

そこで庄右衛門は碁会所に金を渡し、奥にある小座敷を借りた。

藤馬自身、そのほうがありがたかった。

対局後に、じっくりと庄右衛門から話が聞けるからだ。

小座敷に移り、藤馬は庄右衛門が碁石を置くのを待った。しかし、庄右衛門は置こうとしない。ずいぶんと慎重だと庄右衛門を待った。

やがて、庄右衛門は訝《いぶか》しそうに藤馬を見た。

「まだ、決まらぬか」

藤馬はわずかに苛立《いらだ》ちを含んだ声音《こわね》で問いかけた。

すると庄右衛門はきょとんとし、

「あの……お侍さまが白石でいらっしゃいますぞ」

と、遠慮がちに言った。

「それゆえ、そなたを待っておるのだが」

藤馬が返すと、

「手前は黒石ですから後番でございますが……」

困惑しながら庄右衛門は言った。

そうか、囲碁は白石が先なのか、これは迂闊《うかつ》だった、と藤馬は顔から火が出る思いだったが、

「ああ、そうだったな。うっかりとしておった」

なんでもないように言い、真ん中に白石を置いた。時を置かず庄右衛門も黒石を置く。その右横に、藤馬は白石を置いた。庄右衛門は碁盤の四方に置いてゆく。

藤馬は黒石の横に四つ並べてから、

「いいのか」

と、庄右衛門に問いかけた。

「はあ……」

庄右衛門は戸惑った。

「ならば、これで五だ」

得意そうに、藤馬は勝利を宣言した。

庄右衛門はおずおずと、

「あの、お侍さま、それはひょっとして五目並べではございませぬか」

と、問いかけた。

「そうだ、五目並べであるが……」

藤馬は首をひねった。

「これはまたご冗談を……」

我慢できず、庄右衛門は吹きだしてしまった。藤馬はようやく五目並べと囲碁の違いを理解し、

「これはまいった」

と詫びた。

「いえ、そんなことはよいのです。いやあ、それにしましても、おもしろいお方でござりますな」

庄右衛門は、しげしげと藤馬を見た。

藤馬は頭を掻きつつ、

「囲碁が好きなのだな」

「下手の横好きです」

「よく、ここに来るのか」

「まあ……」

曖昧《あいまい》に、庄右衛門は言葉を濁《にご》した。

「なにか気に障《さわ》ったか」

「いえ、その……碁を通じて親しくさせていただいたお侍さまのことを、思いだしたのです」

庄右衛門はしみじみとなった。

「馬場民部殿か」

不意に藤馬は、馬場の名を口に出した。

庄右衛門は驚きの表情を浮かべた。

「あなたさまは……」

警戒と驚きの表情で、庄右衛門は問い直した。

「同じ剣術道場に通っておったのだ」

疑われるかもと思ったが、意外にも庄右衛門は受け入れ、

「そうでしたか。では、おおいに驚かれたでしょうな」

「あんたは女房と相対死されて、馬場に対して憤《いきどお》っていないのか」

砕けた口調で、藤馬は問いかけた。

「……正直、恐ろしいのでござります」

言葉を裏づけるように、庄右衛門は肩をそびやかした。

「恐ろしいとは」

「馬場さまとお縫が相対死するなど、とてものこと信じられませぬ」

「どういうことだ。すると、あれは相対死ではなく、何者かに殺された、ということか」

藤馬は問いを重ねる。

「そうとは言いきれませぬが、少なくとも相対死などするはずがない、と」

庄右衛門は繰り返した。

ひょっとして庄右衛門は、碁仇と妻の心中という事実を受け入れられないのではないか。いや、受け入れたくないから、ありえないと言っているのではないか。それだけ、深く傷ついているのだろう。

「どうしてだ」

残酷《ざんこく》だとは思いつつも、藤馬は問いかけた。

「馬場さまは……なんと申しましょうか、こんなわたしでも真剣に碁を打ってくださいました。とても、あのようなことをするお方には思えないのです」

「い、いや、しかし……」

「お縫もそうです。後妻に迎えた日から、本当によく尽くしてくれました。わたしの前で、とくに馬場さまと親しげにしていた様子もなかったと思います」

しんみりと庄右衛門は言った。

「そうか……ならば、お裁きのときに、そのことを申したてたのか」

藤馬の問いかけに、庄右衛門は力なく首を横に振った。

「亡骸が見つかったときの状況が状況ですから……いずれにしろ、済んでしまった話です。それでは……」

と、そこで庄右衛門は話を打ちきろうとした。

「まあ、待て」

藤馬が引き止めると、庄右衛門は訝しげな顔をした。

「お侍さま、なぜ、お縫と馬場さまの相対死について深掘りをなさるのですか」

「申したではないか。馬場殿とは剣術道場の同門だったのだ。ずいぶんと懇意《こんい》にしておった。剣友とでも申そうか」

藤馬の説明を、さすがに今度は庄右衛門も信じなかったようだ。

「お侍さま、疑うわけではありませんが、どのような理由であれ、相対死を蒸し返すのは危険ですぞ」

庄右衛門は忠告した。

「紀藤家から狙われるというのだな」

藤馬が確かめると、庄右衛門は返事をしない。それが肯定を意味している。

「それなら懸念には及ばぬ。わたしはな、公儀《こうぎ》のさるお方からの依頼で、探索をしておるのだ。紀藤家に御家騒動の疑いあり、ということでな」

もっともらしく、真顔で藤馬は言った。

「ほう、公儀のさるお方……」

あらためて庄右衛門は、探るような目で藤馬を見返した。

「誰とは申せぬ。しかし、畏《おそ》れ多くも公方《くぼう》さまのお側近くにお仕えする、身分あるお方なのだ」

大真面目に藤馬は言った。

「公方さまは、大変に政《まつりごと》に熱心であられますな。我ら民の声をお聞き届けくださる、目安箱《めやすばこ》を設けられました。あれには感心しました」

「なにを隠そう、公方さまに目安箱の設置を進言したのは……」

思わせぶりに、藤馬は言葉を止めた。

「……なるほど、そうなのですか。そのお方の密命を帯びて、榛名藩紀藤家の御家騒動を探っておられるのですか」

幸いにも、庄右衛門は藤馬の言葉を鵜呑《うの》みにしてくれた。もっとも、藤馬もまんざら嘘《うそ》を並べているわけではない。八代将軍・徳川吉宗が目安箱を設置したのは、通春の進言によるところが大きい。

そして通春は、江戸市中を見廻るわけにはいかない吉宗に代わって、民の暮らしや、困った民を助ける密命将軍を仰せつかっているのだ。

「ひょっとして、御庭番《おにわばん》でいらっしゃいますか」

逆に、庄右衛門のほうから探りを入れてきた。

「御庭番を存じておるのか」

威厳を漂わせながら、藤馬は問い直した。

「公方さまが紀州《きしゅう》から連れてこられた凄腕《すごうで》の隠密集団、と耳にしております……ああ、星野さま、御庭番でいらっしゃるのですね」

庄右衛門に確かめられ、

「まあ、よいではないか。それ以上は……」

含みを持たせ、藤馬は庄右衛門の思いこみを利用した。庄右衛門は藤馬を、御庭番と信じきったようだ。

「紀藤家を改易《かいえき》しようとは、公方さまもお考えではない。だいいち、榛名藩に御家騒動が起きたなど、いまだご存じないのだ。わたしだって、相対死を遂げた馬場民部とお縫が紀藤家に仕えているとは、そなたに聞くまで知らなかった」

藤馬が指摘をすると、

「ああ、そうか……そうですな。では、なぜ星野さまは、馬場さまとお縫の相対死について調べておられるのですか」

青白い顔をして、庄右衛門は疑念を口にした。

「公方さまは、相対死について並々ならぬ関心をお持ちだ。この世から相対死をなくすべきと考えておられる。よって、相対死についての詳細《しょうさい》を調べよ、との密命を受けたのだ」

「なるほど。よくわかりました」

「念のため申しておくが、馬場とお縫の相対死に、榛名藩の御家騒動が関係あるとしても、公儀として介入はせぬ。そなたにも害が及ぶことはない」

藤馬の言葉に、庄右衛門は頭をさげた。

「ですが、事件はもう落着しております。いまさら掘り返したところで、お縫も馬場さまも戻ってはこないのです」

弱々しく庄右衛門はつぶやいた。

藤馬は、ふと疑問が生じて問いかけた。

「お縫さんは、どうしてあんたの女房になったんだ。あ、いや、なにもあんたが悪いって言っているんじゃないよ」

聞きにくいことゆえ、藤馬は砕けた調子にした。

「馬場さまの御家は、決して楽ではございませんでした」

馬場民部は、榛名藩の国許《くにもと》で郡方《こおりかた》の役人であった。禄高《ろくだか》は五十石という平士《へいし》である。父に先立たれ、母は労咳《ろうがい》を患《わずら》っていた。薬代がかさみ、紀藤家は借財《しゃくざい》を負《お》った。やがて、馬場民部は紀藤家を離れてしまい、借財返済の目途《めど》はますます立たなくなった。

「手前は奥向きに出入りしておりましたので、お縫をよく知っておりました。お縫は気立てのよい女で、奥方さまの身のまわりのお世話や、出入り商人との折衝《せっしょう》を担っておったのです」

接する機会が多く、庄右衛門は馬場家の内情を知り、同時にお縫への恋情を募《つの》らせた。借財を肩代わりすることを条件に、庄右衛門はお縫を後妻に迎えたのだった。

「お恥ずかしい話ですが、手前はお縫にべた惚《ぼ》れでございました。あの世でも添い遂げたいと思ったくらいです」

庄右衛門は心情を吐露《とろ》し、赤面した。

「恋女房だったんだね」

藤馬の言葉に庄右衛門は、はにかみながらうなずいた。

「馬場民部さまは御家を離れ、連絡がつきませんでしたので、お縫を後妻に迎えたときにはお会いできませんでした」

碁会所で親しくなり、馬場のほうから、お縫の兄だと打ち明けてきたという。

「勘繰りかもしれませんが、碁会所で手前と碁を打ったのは、手前の人柄を知るためであったと思います」

「馬場さんが御家を去ったのは、どういうわけなのかな」

「郡方のお役人として、領民の窮状《きゆうじよう》を放っておけず、年貢《ねんぐ》取り立てを目こぼししたことを上役に咎《とが》められたそうです。いかにも、馬場さまらしい、と手前は感心したものです」

二年前、榛名藩領を大規模な嵐が三度、襲った。農作物は大きな被害を受け、馬場民部は藩の重役に年貢の減免《げんめん》を掛けあったが、進言は聞き入れられなかったという。

「よく話してくれた」

藤馬は感謝した。

「あの……これからどうなるのでしょう。お縫と馬場さまの相対死は蒸し返されるのでしょうか」

心配そうに、庄右衛門は問いかけてきた。

「蒸し返しはしない。真実をあきらかにするだけだ」

「さようですか」

それでもなにか心配事が残るようで、庄右衛門はため息を吐いた。

「もしかなうようでしたら、お縫と馬場さまのことはそっとしておいていただけませんか」

「いや、しかし……」

口ごもった藤馬は、安心させるため笑みを送った。

「心配するな。そなたに迷惑はかけぬ」

「お気持ちだけで十分です。どうか、そっとしておいてください」

ふたたびそう告げて、庄右衛門は両手をついた。

三

　そのころ、通春は神田明神下《かんだみょうじんした》にある医師、小峰法庵の診療所に向かっていた。

　だが、あいにくと診療所は閉まっていた。

　近所の者に確かめると、昨年の師走から診療をおこなっていないそうだ。

　小峰は蘭方医《らんぽうい》で腕もたしか、大名や旗本《はたもと》からの往診依頼が引きも切らないほどの名医だとか。それが、このところ休んでいるのは、くわしい理由はわからないものの、あぶく銭が入ったからだ、という噂が流れている。

　その話のなかで、

「若竹《わかたけ》へ行けば会えるよ」

　という証言を得た。

　若竹とは、この界隈《かいわい》では知る人ぞ知る小料理屋だという。

「あっしらじゃ、暖簾《のれん》をくぐれませんよ」

　縄暖簾に通う庶民には縁のない店だとわかった。

　所在地を教えてもらい、通春は足を向けた。路地のどんつきにある店であった。

店名が示すように、竹に囲まれた一軒家である。

格子戸《こうしど》を開けると、心地よい鈴の音が鳴った。

「いらっしゃいまし」

明るい声に迎えられる。

小上がりになった座敷が広がり、奥にも小さめの座敷があった。昼八つとあって、客の姿はない。大きな窓から陽光が差し、新しく葺《ふ》かれたばかりの畳を青々と照らし、藺草《いぐさ》が香りたっていた。

奥座敷に、十徳《じっとく》姿の初老の男がいる。

「あの……」

席につこうとしない通春を訝しんで、女将が問いかけてきた。

次いで、

「どちらさまのご紹介でしょう」

と、問いを重ねる。

なるほど、一見《いちげん》さんお断りの店のようだ。庶民に縁がないのもうなずける。

「小峰先生と会食するんだよ」

小峰であると見当をつけて、通春は奥座敷を眺《なが》めやった。

女将は警戒心を解き、

「あら、それは失礼しました。どうぞ、おあがりください」

愛想笑いを浮かべて、通春を案内した。

「先生、お連れさまがいらっしゃいましたよ」

女将は声をかけた。

「連れ……そんなものは……」

小峰は首を傾《かし》げて通春を見た。

次いで、右手をひらひらと振って、

「知らぬな……」

と、通春を拒絶した。

「あら……」

女将の目に、ふたたび警戒の色が浮かぶ。

通春は臆《おく》せず、

「榛名藩紀藤家の伊藤さんから紹介されたのだ」

事もなげに言った。

「伊藤殿……ああ、納戸《なんど》役《やく》の」

口から出まかせに名前をあげただけである。伊藤ならひとりくらい、いるだろうと思ったのがあたった。

「そうそう、その伊藤さんだ」

言いながら、小峰の向かいに腰を落ち着け、

「おれにも酒ね。肴《さかな》は任せるよ」

と、通春は女将に頼んだ。

「わかりました」

女将は出ていこうとしたが、

「酒は清酒《せいしゅ》だよ。よいのをね。それから、あんまり腹は空いていないから、肴は軽めでいいからね」

ついでとばかりに、堂々と注文をつけた。

小峰はほろ酔い加減であった。目元が赤らみ、目がとろんとなっている。

「よく、ここがわかりましたな」

小峰に訊《き》かれ、

「先生の居場所といったら若竹、と相場が決まっておりますよ」

ぬけぬけと通春は返した。

「まあ、よく利用しますな」

「ほんと、いい店だ」

くるりと見まわしてから、通春は続けた。

「居心地がいい。でも、それだけにいい値段がするんでしょう」

「銭金のことは心配ない」

小峰はにんまりとした。

そこへ、女将が酒と肴を運んできた。清酒は竹に入れられているため、竹と酒の香りが鼻孔《びこう》を刺激した。肴は酒盗《しゅとう》であった。

「これはいい」

通春は、酒盗と酒を堪能《たんのう》した。

小峰も酒を飲み続けたが、

「ところでご用向きは……貴殿、紀藤家のお方ですな」

と、通春へ関心を向けた。

「違うよ。おれは紀藤家の者じゃない。松田求馬《まつだきゅうま》っていう旗本だ」

市中を出歩く際の偽名《ぎめい》と、偽《いつわ》りの素性《すじょう》を告げた。

「御直参《ごじきさん》が……わしになんの御用で」

途端に、小峰は不審感を募らせた。

「先生は名医だって聞いてね。往診を頼めないかって思ったのだ」

またもや、口から出まかせを述べたてた。小峰は疑念が解けたようで、

「そうですか。しかし、あいにくと開店休業でしてな。ここ何か月も、薬箱すら持っておらんのです」

面目《めんもく》ない、と頭をさげた。

「でも、名医なんだから」

「医術というものは、人の命を扱うもの。怠《なま》けておった者が、安易に再開できるものではござらぬ」

もっともらしい理屈をつけて、小峰は丁寧《ていねい》に断った。

「もっともだね。じゃあ、すぐの往診は諦《あきら》めるとして、どうして医者を休んでいるんだい。休んで稼ぎがないのに、こんないい店で連日、飲み食いできるなんて、けっこうなご身分じゃないか」

往診依頼から一転、通春は疑念をぶつけた。

「まあ、それはその……」

口の中で、もごもごと小峰は言葉を曖昧にしてしまった。

「それにさ、聞いたよ、娘さんのこと。娘さんとお孫《まご》さん、そろって行方不明だっていうじゃないか」

「どこでそれを……」

小峰の顔色が変わった。

通春は動ずることなく、

「どこでって、そこらじゅうで噂になっているよ。診療所が仕舞っているから、どうしたんだろうって、近所で先生のこと聞いてまわったからね」

さらりと取り繕《つくろ》った。

「そうか……なるほどのう」

さして深追いはせず、小峰はがっくりと肩を落とした。

「娘さんとお孫さん、酒浸《さけびた》りの先生を嫌って出ていってしまったのかい」

「いや、わしを見捨てて出ていったわけじゃない」

強い口調で、小峰は否定した。

「そうかい、そりゃ悪かった。じゃあ、どうしたの」

通春は切りこんだ。

「それは、深い事情ゆえのこと」

口をへの字にした小峰に、

「わかる！」

やおら大声を出して、通春は小峰の曖昧な言葉を受け入れた。

「わかってくださるか」

酔っているのか、それだけで小峰は感謝の目をした。

「お信さんだって、つらかっただろうさ」

適当なことを返すと、小峰は二度、三度とうなずいた。

「紀藤家も酷《こく》だよな」

紀藤家を持ちだし、通春は探りを入れた。

「御家の事情とはいえ、まったく、わしにも理解できぬ。あまりに身勝手」

予想どおり、小峰は憤りを示した。

それから、はっとしたように、

「紀藤家の仕打ち、近所の者は知らぬはず……松田殿と申されたな、どこでそんなことを」

ようやくのこと、不審感がよみがえったようだ。

「榛名藩邸だよ」

けろっと通春は答えた。

「藩邸にお知りあいが……ああ、そうでござったな。納戸方の伊藤殿……しかし、伊藤殿はあのことには関係しておられぬが」

「だから、おれは榛名藩と親しいんだって」

通春は言い張った。

この時代、各大名家は幕府や他藩の動きに関する情報を得るため、特定の旗本と懇意にしている。事情通の旗本を、自由に藩邸に出入りさせているのだ。

口達者な通春を見て、小峰は榛名藩出入りの旗本だと思ったようだ。

「そうでしたか」

小峰は疑ったことを詫びた。

「おれも同情するよ」

「それはかたじけない。しかし、今回の一件には、かかわらないほうがよろしいですぞ」

「ご忠告ありがとう。でもね、おれは好奇心が旺盛《おうせい》でね。首を突っこんだら、仕舞いまで見届けないと承知できない。まあ、お節介で野次馬根性に富んでるってことだね」

「物好きにもほどがありますぞ」

なおも小峰は諫《いさ》めてきた。

「まあまあ、おれの身のことは心配しなくてもいいよ。もしものことがあっても、先生の責任じゃないんだから」

明るく通春は言った。

名は体を表す、の言葉どおり、ふんわりと温かみのある春風のような通春に、思わず小峰は見入ってしまった。

そんな小峰に、通春は推量をぶつけてみた。

「御家騒動……そうだろう」

「そ、それは」

むむっとなって、そのまま小峰は押し黙った。

「黙ってちゃ、わからないよ」

果敢《かかん》に通春は、たたみかける。

「……しかし、それをわしの口からは申せぬ」

ようやくのこと、苦い顔で小峰は返した。

「それって、事情を知ってるって認めているのと同じだよ」

ははは、と通春は笑った。

「あぁっ……」

思わず、小峰は手で口を覆った。

「お信は、前藩主の昌明さんの側室だったのかい」

「じつは……そのとおりです」

小峰は認めた。

「ちょっと待ってくれよ。すると、どういうことになるのかな」

通春は思案をはじめた。

「いかがされた」

「大岡さんのお裁きの際、もうひとりの女……たしか商家の女将、お縫といったか。ふたりのうち、どちらが本物の母親かをめぐって、争ったんだったね」

通春が確かめると、

「ええ、そうでしたな。困ったものです」

小峰は顔をしかめた。

「いったい、どういうことが起きていたのかな。おれには理解できないよ」

「ううむ……」

考えを整理するかのように、小峰は目をつむった。しばし瞑目《めいもく》のあとに、

「わしは、榛名藩邸の奥医師をしておったのです」

ややあって、小峰は語りだした。

小峰は、榛名藩紀藤家の御典医《ごてんい》であった。行儀見習いのために、奥向きに娘のお信を奉公に出した。そこで、藩主昌明に見初《みそ》められ、御手がついた。

「ところが、奥方の紗枝さまは、非常に悋気の激しいお方であった。たまたまじゃが、お信と同じころに身籠《みごも》られてな。懐妊《かいにん》されたとあって、神経が不安定でもあられたようじゃ。それゆえ、お信が身籠ったことに、強い不安と憤りを感じられたのだ」

紗枝は、昌明の寵愛《ちょうあい》を受けるお信が男子を生めば、たとえ自分が男の子を産んだとしても、お信の子が世継ぎとなるのでは、と疑心暗鬼《ぎしんあんき》に駆られた。

「奥方の紗枝さまは、男子をお生みになられた。じゃが悋気がおさまることはなかったのじゃ」

「幸吉の存在が疎《うと》ましくなったのか」

通春が確かめると、小峰はうなずいた。

紗枝の子である世継ぎが生まれたあとも、藩主の昌明はお信のもとに通い、幸

吉を抱き、楽しげに過ごした。それに紗枝は、耐えられなくなったのだろう。

そのうちお信は、自分と幸吉への危険を感じとった。

「それが杞憂《きゆう》でない証拠に、相模守さまがお国入りをなさった間、奥方さまのお信への対応は、それはもう厳しくなったという」

悲しげに小峰は肩を落とした。

そこでお信は、宿下がりを願い出た。昌明も、お信と幸吉の置かれている苦しい立場をうすうす感じていたようで、しぶしぶながら許した。

「わしも榛名藩の奥医師を辞め、診療所をかまえたのだ」

お信は、自分でも医術を学びたいと願った。

愛想よく、患者に親切なお信は、診療所でも評判がよかった。

榛名藩のことは、次第に忘れていった。まだ幼かったせいか、幸吉も町人として暮らすことになんの抵抗も見せず、暮らしを受け入れていた。

「だがそんなとき、突然、お縫が幸吉を自分の息子だと言い張って、あのような騒ぎを起こしたのじゃ」

「なるほど。ではそのお縫は何者なのです」

「そのときはよくは知らなかったが、どうやら榛名藩の藩士の娘らしい」

「へ～え、それはおもしろい」

思わず口をついた通春の言葉に、小峰は顔をしかめ、

「おもしろくはない話ですがな」

「ああ、すまない。つい野次馬根性が出てしまったな。でも、そのお縫が、なぜ幸吉の母親だなんて嘘を言いだしたのかな」

「榛名藩の命令を受けたのだろう」

そうに決まっている、と小峰は言い添えた。

「その辺のことを、もっとくわしく教えてほしいな」

通春は半身を乗りだした。

小峰は答えない。

「じゃあ、話題を変えるよ。お信と幸吉の行方、わからないままでいいのかな」

娘と孫が行方知れずとなっているのに、小峰は飲んだくれている。しかも、それほどの悲壮感《ひそうかん》は見受けられない。あきらかに不自然な気がしていた。

「ふたりのことを、それほど心配しているように見えない。ということは、もしや幸吉は鶴千代になっているのかな」

ずばり通春に指摘され、

「まあ、そういうことですな」

観念したように言い、小峰は説明をはじめた。

昨年の師走、榛名藩邸から使者が来た。

幸吉を藩邸に迎え、榛名藩紀藤家の跡継ぎにしたい、と伝えてきたのだ。

小峰には千両、お信には、お部屋さま……つまり幸吉の生母として遇する、という条件であった。

「くわしいことは聞いておらぬのですが、どうやら奥方の紗枝さまがお生みになられた鶴千代が、幼くして亡くなられたようです。だが、ほかに跡継ぎ候補は見あたらず、御家断絶を避けるため、しかたなく幸吉を鶴千代君の身代わりにすると決めた。事情を聞いたお信は、幸吉と一緒に暮らせるのなら……と藩邸に戻ったのです」

「じゃあ、そのときは諍《いさか》いは生じなかったのだね」

「まあ、そういうことですな。千両を貰《もら》い、いかにも金に転んだようで、わしは情けなくなって、どうせあぶく銭だと、こうして仕事もせずに散財しておるわけですよ」

自嘲《じちょう》気味の笑いを、小峰は浮かべた。

「ちょっと待ってくれ。それより前、お縫が幸吉を奪おうとしたのだろう。とても無関係とは思えない。お縫は、榛名藩士の娘なのだろう」

「さきほども申したとおり、おそらくお縫は、紗枝さまから遣《つか》わされたのでしょうな。お縫はお信に、幸吉を藩邸に戻すよう言ってきました。ですが当然のこと、お信は断った。そのときの条件は、幾ばくかの金銭と、幸吉の身柄を引きわたすことだけだったからです」

「それで拒否されたお縫は、あのような騒ぎを起こしたのだな……なるほど」

通春は腕を組み、しばし思案ののちに、

「お縫と相対死した馬場民部を知っているか。榛名藩に仕えていたそうだけど」

すると、小峰の顔が驚愕《きょうがく》に彩られた。

ただならぬ様子の小峰に、通春は、どうしたのだ、と問いかける。

「馬場殿とお縫は、かつて夫婦でござったようです。お信が藩邸に入ると決まり、内密のこととして侍女《じじょ》から聞きました」

小峰は言った。

「へ～え、そうだったのか。じゃあ、やっぱり相対死なのかな……自分の女房が美松屋庄右衛門の後妻になったと知った馬場が、無理心中をはかったのかもしれないぞ」

通春の考えに、小峰は賛成も反対もしなかった。

「いや、すまなかった。ありがとう」

通春は腰をあげ、勘定を持とうとした。

「申したでしょう。あぶく銭を散財したいのです」

小峰は、通春の申し出を断った。

「じゃあ、遠慮なくご馳走《ちそう》になるよ。だけど、小峰先生、ほどほどにしといたほうがいいよ。他人に小言を言えた義理じゃないけどね」

通春は右手をあげて立ち去った。

四

その晩、通春と藤馬は丸太屋の離れ座敷で、おのおのの聞きこみの成果を話しあった。

「お縫と馬場民部は、相対死じゃないようです」

藤馬は強い口調で言った。

「そうかな」

眉根を寄せ、通春は疑念を表す。

「あの一件で、庄右衛門は相当にまいっているようですね。見ていて気の毒になりましたよ。話しているうちに、どんどんと憔悴《しょうすい》していって。庄右衛門としては、もう事件にかかわってほしくないようでしたが」

庄右衛門が哀《あわ》れだ、と藤馬は同情を示した。

「それもおかしいな」

通春は首をひねった。

「通春さま、勘繰りすぎですぞ」

「とんまと違って、おれは美松屋庄右衛門という男、どうも信じられぬ」

通春の言葉に、

「通春さまも庄右衛門にお会いになれば、その無念さがわかりますよ」

不満げに藤馬は返した。

これ以上は平行線をたどるだけだと、通春は話題を変えた。

「大岡殿の裁きは、結果としては間違っていなかったな」

これには、

「そうですな。さすがは名奉行です」

と、藤馬も賛同した。

ふたりの議論をよそに、コメはすやすやと寝入っていた。


三日が過ぎた。

大岡の裁きが間違ってなかったことがわかり、榛名藩の意外な御家事情も知ることができたが、探索がなんとも中途半端に終わった気がして、通春はもやもやとした気分でいた。

とりあえず探索の結果は、書面にして大岡に渡してある。

それを読んだらしく、大岡が訪ねてきた。

大岡は丁寧に礼を言い、礼金五十両をくれた。

「大岡さま、名裁きに間違いはありませんでした。よかったですね」

藤馬が語りかけると、大岡はうなずくだけで顔を曇らせている。

通春が目で、どうしたのだ、と問いかけた。

大岡は重々しい表情で、

「美松屋庄右衛門が首をくくり、自害しました」

と、告げた。

「ええっ!」

藤馬は驚愕した。

淡々とした口調で、大岡は続けた。

「遺書が残されておりました。お縫と馬場民部の相対死、あれは庄右衛門が仕組んだもの。庄右衛門がふたりに眠り薬を飲ませて手足を縛り、大川へ投げ捨てた、と記されておりました」

「ど、どうして殺したのですか。庄右衛門にとってお縫は恋女房、あの世でも添い遂げるほど惚れこんでいたのですよ。それは、嘘だったのですか」

動揺のあまり、藤馬は言葉を上ずらせた。

「その気持ちは偽りではないだろう。それだけに、お縫と馬場民部に欺《あざむ》かれたのが許せなかったようだ」

大岡は続けた。

お縫と馬場は夫婦であった。

馬場家は大きな借財を負い、それを庄右衛門が肩代わりする条件で、お縫は後妻になった。

ところが、お縫に庄右衛門への愛情はなく、あくまで金目的であった。このため、馬場が囲碁を通じて庄右衛門に近づき、庄右衛門の財産を狙いはじめた。庄右衛門のお茶に、石見銀山《いわみぎんざん》が入っていたことがあったそうだ。身の危険と、欺かれたことへの憎悪《ぞうお》で、庄右衛門はふたりを殺したのだった。相対死に見せかければ探索されないだろう、と思った。

ところが、いまになって相対死を蒸し返す動きが出てきた。

しかも、おのれを訪ねてきたのは、なんとあの御庭番である。殺しが発覚する恐怖と、お縫を殺した罪悪感に苦しめられ、とうとう自害を決意したのだった……。

「心底からお縫に惚れていたのは、間違いなかったのですね」

しみじみと藤馬は言った。

「後味が悪い一件でしたが、おふたりのおかげで、思いもかけぬ相対死の真相があきらかになりました」

重ねて、大岡は感謝の言葉を口に出した。

「今回は、探索はしても落着に導いたわけじゃない。すっきりしない一件だったよ」

胸のもやもやが晴れない。

晴れないのは、自分の手で解決できなかったことと、榛名藩紀藤家の御家騒動のせいだ。

幸吉が鶴千代に成りすますことで、ひとまず騒ぎはおさまったようだが、果たして本当に決着したのだろうか。

根拠はないが、火種は残っていると思えてならない。

ふと通春は、この先も榛名藩にかかわるような予感に駆られた。

第二話　煮込みの極み

一

正月の二十日、松平通春は早春の風に誘われるように芝神明宮《しんめいぐう》を参拝した。

大岡忠相から礼金を貰《もら》い、懐《ふところ》が温まったとなると、美味《うま》い物が食べたくなる。

芝界隈《かいわい》で店を見つけよう。

「さて、なにを食べよう」

通春はほくそ笑んだ。

白雲を刷毛《はけ》で薄く伸ばしたような空が広がり、梅《うめ》が咲くには早いが初春の温《ぬく》もりが感じられる。夕刻を告げる増上寺の鐘《かね》の音が聞こえた。

魚、蕎麦《そば》、天麩羅《てんぷら》……酒は欠かせない。

海が近いとあって潮風《しおかぜ》が鼻孔《びこう》をくすぐり、食欲を誘ってくれる。

新鮮な魚がいい。

白魚《しらうお》の踊り食い、贅沢《ぜいたく》をして鯛《たい》の塩焼きにするか。芝の魚河岸《うおがし》が近い。芝は日本橋と違って鯛や鰹《かつお》、鯉《こい》などの高級魚は扱っていない。

となると、鯛は諦《あきら》めるか。

そうだ、祝い事でもないし、ひとりでの飲食に鯛は似合わない。野暮というものだ。

ならば、芝にある小魚を扱う雑魚場《ざこば》で探そうか。急げば、いまからでも間に合うだろう。

胃の腑《ふ》が空腹を訴えるように、ぐうっと鳴った。

焦《あせ》るな。

腹の虫を宥《なだ》め、落ち着こうと路傍《ろぼう》で立ち尽くす。

西に傾いた日輪《にちりん》が町家の影を往来に引かせるなか、周囲の雑踏《ざっとう》に身を置いた。

視界を超え、人々の感嘆《かんたん》の声、舌鼓《したつづみ》、たまらない匂《にお》いが、目前の視界に押し寄せる。

表通りの雑踏に身を投じる。大勢の男女が行き交うが、通春は滑るように進み、袖《そで》ひとつぶつかりはしない。すいすいと水すましのように表通りを横切り、路地に入った。

突きあたりに三軒長屋があり、左の一軒が居酒屋のようだ。潮風にはためく暖簾《のれん》は、紺地《こんじ》に白地で『瓢簞《ひょうたん》』という屋号と、瓢簞の絵柄が染め抜いてある。

「ここだ！」

強い意思を言葉にこめ、通春は敢然《かんぜん》と店に向かった。

ほどなくして瓢簞に至ると、引き戸を開ける。

「いらっしゃいまし」

娘の弾んだ声に迎えられた。

「正解だ」

これだけで、瓢簞を選んだ正しさを確信した。暖簾をくぐり、中に入る。

十坪ほどの店内には小机と腰かけの酒樽《さかだる》が並び、小上がりになった入れこみの座敷が広がっていた。

陽が落ちる前にもかかわらず、びっしりと席が埋まっていた。まごうかたなき繁盛店だが、満席では致し方ない。

後ろ髪を引かれながら、通春は店を出ようとした。

すると、

「お侍さま、こちらへどうぞ」

愛想のよい娘の声に引きとめられ、思わず立ち止まる。

「親方、すみませんが膝《ひざ》を送ってくださいな」

と、娘は半纏《はんてん》を着た職人風の男に頼んだ。

「わかったよ」

快《こころよ》く承知すると、親方は三人の男たちに声をかけ、いっせいに移動して通春のために席を作ってくれた。

「すまないねえ」

武士らしくない飾り気のなさで通春は一礼して、座敷にあがるとどすんと座った。ざっくばらんで和気あいあいとした雰囲気に気をよくしながら、さてなにを食べようかと思案する。

「この匂いだ……」

通春が首を伸ばしたところで、娘が注文を取りにきた。

「煮込みですよ。うちの看板料理なんです」

嬉《うれ》しそうに娘が言った。

「どんな具が入って……ああ、いや、よい」

聞くだけ野暮だ。

良店の一番押しの料理なのだ。まずかろうはずはない。どんな煮込みなのかは自分の舌で味わい、確かめるにかぎる。

「では、煮込みを頼むよ……それと、酒もね」

通春が注文すると、娘はにっこり微笑《ほほえ》んで調理場にさがった。

調理場では中年の男がひとり、黙々《もくもく》と料理を作っている。娘は煮込みの注文を通す際、男に向かって、「おとっつぁん」と呼びかけた。

どうやら、父娘で営《いとな》んでいるようだ。常連らしき者たちのやりとりから、娘の名前がお美奈《みな》であるとわかった。

あちらこちらの席から、注文や催促の声があがる。お美奈は笑顔で応対する。

追加の酒を持ってゆき、

「ご隠居さん、お身体に障《さわ》りますよ」

やんわりと宥める。ご隠居は、わかった、わかった、と娘の親切に目を細めながら酒を受け取る。

窓の格子《こうし》が店内に影を落とし、日輪が西に大きく傾いている。お美奈は、天井から吊りさげられた八間行灯《はちけんあんどん》に灯《ひ》を入れようとした。それを制し、若い男が、

「お美奈ちゃん、任せな」

と、酒樽にのぼった。

やがてお美奈が、燗酒《かんざけ》と煮込みの入った丼を運んできた。湯気の立った煮込みに、思わず笑みがこぼれる。

酒をひと口含む。ほどよく人肌に燗がつけてあり、すうっと咽喉《のど》を通ると胃の腑に染みわたり、一日の疲れが癒《いや》された。おもむろに丼を手に取る。瀬戸物を通し、煮込みの温もりが伝わってきた。

出汁《だし》の中に、牛蒡《ごぼう》、蒟蒻《こんにゃく》、魚の切身が入っている。加えて、煮込みの上からぱらぱらと、刻み葱《ねぎ》が振りかけられていた。赤黒い汁に白葱が対照を成し、目に優しい。

まずは汁を飲む。

味噌《みそ》仕立ての汁は甘辛い。とろみのなかに、ぴりりとした生姜《しょうが》の味わいがした。次いで、魚を味わった。鱈《たら》だ。形が崩れておらず、身がしっかりと食べられる。火加減、煮込み具合に、相当な注意が払われている。

これは、酒の肴《さかな》として少しずつ食べるなどできない。箸《はし》が止まらない。息を吐く間もなく、ひと息に平らげてしまった。

藤馬に教えてやろう。

いや、自分だけのお気入りにしておこうか。

満足の息を吐き、

「ご馳走《ちそう》さま、美味かった」

と、自然と感謝の言葉を発した。

一瞬の躊躇《ためら》いもなく、煮込みと酒の替わりを頼んだ。店内を見まわし、蛤《はまぐり》の串焼《くしや》きを追加した。

八間行灯に照らされた店内は、浮世を忘れる一時の浄土《じょうど》のようだ。ほろ酔い加減に身を浸《ひた》すなか、運ばれてきた串焼きは、蛤が四つ串刺しにされ、味噌をつけて田楽風《でんがくふう》に焼かれていた。巷《ちまた》では、千鳥焼《ちどりやき》と呼ばれている。

「蛤も千鳥と化して味噌をつけ……だな」

通春は、千鳥焼を詠《よ》んだ川柳《せんりゅう》を口にした。二杯目の煮込みを脇に置き、千鳥焼に食らいつく。

これまた期待以上だ。

蛤の食感が損《そこ》なわれず、味噌に辛味がした。七味を使っているようだ。心憎いまでの手間をかけた肴に、通春は舌を巻いた。

酒を飲み、二杯目の煮込みを食べる。今度はゆっくりと味わうゆとりが持てた。

二杯目にもかかわらず、飽きがこない。この煮込み目当てに、来店したくなる。

満足どころか、得をした気分にすらなって勘定をした。

「ええっと、お酒が二本、煮込み二杯、千鳥焼……で、九十文です」

すばやくお美奈は計算した。

お美奈に財布を渡そうとする。武士は支払いの際、銭金を渡さない。財布を預け、必要な分だけを取らせる。

武士たる者、銭金にこだわるのはみっともない、あるいは、銭金を不浄なものとみなす慣習から、そうしているのだ。

しかし、ふと思い返した通春は、自分の手で財布から九十文を取りだした。そうしたほうが、酒と料理への満足感を感謝として表せると思ったのだ。

「ありがとうございます」

お美奈は両手で受け取り、ぺこりと頭をさげた。

「美味かった。また来る」

偽《いつわ》りのない気持ちを、お美奈に告げる。

「お待ちしております……」

お美奈は笑みを深めた。

通春は戸口に向かった。横目に、調理場で頭をさげる亭主《ていしゅ》が映った。

言葉こそ交わさなかったが、客に対する誠実さは、手間暇《てまひま》かけた料理が雄弁《ゆうべん》に物語っていた。

夕暮れ時の町を歩くと、浮き立った気持ちで家路につくことができた。

二

丸太屋の離れ座敷に戻ってみると、

「若、どちらに行っておられたんですよ」

星野藤馬が、非難《ひなん》のこもった目を向けてきた。

座敷の隅《すみ》で、コメはすやすやと寝入っている。

「まあ、あっちこっちだ」

ほろ酔いで火照《ほて》った頬《ほお》で、通春は答えた。

「それじゃ、答えになっていませんよ……ああ、飲んでらっしゃいましたね」

目ざとく藤馬は指摘した。

「少々だ」

ぶっきらぼうに通春は返したが、

「どこですよ」

藤馬はしつこい。

しかたがない……。

通春は、瓢箪の温かみのある店の雰囲気、気持ちがよくなる客応対、そして、

「煮込みが絶品だ」

と、語った途端に、生唾《なまつば》が沸いてきた。

立ちのぼる湯気、蒟蒻、葱、豆腐《とうふ》、鱈の食感、甘辛い汁、そしてお美奈の笑顔、客たちの語らいがよみがえり、思わず頬がゆるんでしまう。

「へ～え、煮込みですか」

藤馬の表情には、失望の色が浮かんでいる。煮込みなどという至って普通の料理に加えて、瓢箪のことも、場末の店だと思ったのだろう。

「なんだ煮込みか……と、がっかりしたか」

心中を読まれた通春の問いかけに、思わず藤馬はうなずいてから、あわてて首を左右に振り、

「煮込みとなりますと、あちらこちらで食べられるなあ、と正直思いました」

藤馬は取り繕《つくろ》ったつもりだったろうが、

「やはり、失望したのではないか」

通春に指摘され、ばつが悪そうな顔でぺこりと頭をさげる。

「念のため、言っておくぞ、そんじょそこらの煮込みとは別物だ」

通春は胸を張った。

あの煮込みを自慢するのは、煮込みへの正当な評価であり、自分の舌への誇《ほこ》りでもある。

「通春さまが太鼓判《たいこばん》をおされるのですから、わたしは微塵《みじん》も疑いません」

現金にも、藤馬は諸手をあげて期待を示した。

「おれの百万の賞賛より、ひと口食べればあきらかだ」

という通春の言葉に、

「ごもっとも……では、さっそく明日」

藤馬は、お供いたします、と申し出た。

すると、いつの間にかお珠がやってきて、話に割りこんだ。

「そんなに美味しいのですか」

お珠も興味津々のようだ。次いで、思案をしながら、

「うちでも作ってみようかしら」

「おや、お珠ちゃん。包丁《ほうちょう》が使えるのかい」

藤馬が、からかいの言葉を投げかける。

「あら、ご挨拶《あいさつ》ね。ちゃんとお料理します。でも、藤馬さんには食べさせない」

お珠は、あかんべえをした。

このときコメが目を覚まし、藤馬に向かって非難の鳴き声をあげた。お珠とコメに責められ、藤馬は、悪かった、と詫《わ》びる。

通春は笑みを浮かべながら、

「お珠のやる気に水を差すようですまぬが、瓢箪には、味の蓄積《ちくせき》というものがある。きっと、いまの味を出すまでに、店主はいろいろと試したに違いない。それにな、店には一般の家にはない大鍋《おおなべ》がある。大鍋で、相当な時をかけて煮込むのだ。道具といい、手間といい、何日にもわたって煮込んでこその味だな」

通春の言葉を受け、藤馬が口をはさんだ。

「お珠ちゃんには無理だな。飽きてしまうさ」

謝ったばかりの舌の根も乾かぬ藤馬の言葉だが、

「それもそうね」

反発することなく、お珠も受け入れた。

小さくため息を吐き、肩を落としたお珠を気の毒がったのか、

「土鍋を持参して、お土産《みやげ》にしてもらうよ」

藤馬は励ました。

「まあ、いいこと言うわね」

途端に、お珠は表情を明るくし、コメもひと声鳴いた。

「コメ、おまえは食べられないぞ。煮込みは熱い。猫舌では無理だ」

藤馬の言葉がわかったのか、コメは目をつむり、ふたたびうたた寝をはじめた。

「では、明日にでも。ぜひともお供いたします」

すっかりと煮込みに興味が湧《わ》いたのか、藤馬は強く申し出た。

「いくらなんでも、今日の明日では有難味がなかろう。胃の腑が悲鳴をあげるころ……そうだな、五日後とするか」

我慢すればそれだけ美味い、と通春は言い添えた。

「五日後……待ち遠しいですね。生唾が湧いてしかたがないですよ」

藤馬の言葉に、通春は声をあげて笑った。

「楽しみが増えました、やはり、美味い物に勝《まさ》る楽しみはないがや」

名古屋訛《なごやなま》りの藤馬は、腹をぽんぽんと叩いた。

三

五日後の二十五日、通春は藤馬を伴い、芝の瓢箪へとやってきた。晴天の麗《うら》かな昼さがりである。

すると、

「あれ。やっていませんよ」

藤馬が落胆《らくたん》の声をあげたように、暖簾が取りこまれている。

「ええっ……」

通春も天を仰《あお》いでしまった。

口は煮込みを受け入れる態勢になっているのだ。

迂闊《うかつ》だった。

休みを確かめておくべきだった。切歯扼腕《せっしやくわん》していると、さらなる衝撃が通春を襲った。

「……通春さま、この店、休業ですって」

素《す》っ頓狂《とんきょう》な声で、藤馬は告げたのだ。

「いつまでだ」

どきりとして、通春は藤馬を見返した。藤馬が閉じられた戸を指差すと、貼り紙がしてあった。

駆け寄り、視線を走らせる。そこには、贔屓《ひいき》客への感謝と店をしばらくの間、閉める旨《むね》が書いてあった。ただし、いつ再開するのかは記されてなく、閉店の理由もない。

末尾《まつび》に、瓢箪の主人、雁次郎《がんじろう》と記してある。

名前のみが漢字で、本文はかなだ。読み書きが苦手な客を配慮してのことだろう。なかなかの達筆であるが、丸みを帯びた文字からして、雁次郎ではなく娘のお美奈が書いたのかもしれない。

「繁盛していなかったんじゃないですかね」

藤馬が疑わしげな目をしているのは、通春が称賛した味への疑念なのかもしれない。

「そんなはずはない。あの味は、客を引きつける。断じて、客が離れたわけじゃない」

つい、むきになってしまった。

通春の剣幕《けんまく》に藤馬は首をすくめ、遠慮がちな物言いで返した。

「通春さまがお店にいらしたときは、なにか気になることはなかったですか」

「なかったな……」

答えてから思いだしてみる。

煮込みの味以外にも、娘の笑顔、黙々と料理を作る親父、満杯の客席、楽しそうな客たちの語らいが脳裏《のうり》によみがえる。絶品の煮込みのほかの料理も、手抜きのないものだった。千鳥焼、それに隣の席で頼まれた奴豆腐にしても、刻み葱ばかりか天麩羅かすがかかっていた。好みに応じて、葱の代わりに蓬《よもぎ》が出されてもいた。

すると藤馬が、

「ちょっと、ご近所で聞いてみましょうか」

と、周囲を見まわした。瓢箪は三軒長屋の左。真ん中と右は借り手がないらしく、空き家となっている。

三軒長屋から離れた藤馬は、路地から表通りに沿って建ち並ぶ商家を訪ね歩いていった。

通春は、瓢箪のことが心配になってきた。なにかあったのだろうか。一期一会《いちごいちえ》とはいうものの、あの味は一度の出会いで終わらせたくはない。

あれだけ繁盛していたのだから、もしかすると、主人か娘になにかあったのだろうか。怪我、病気……回復できるのであればよいが、根拠《こんきょ》はないものの、言いようのない不安がよぎる。

藤馬が戻ってきた。

「食当たりだそうですよ」

瓢箪で食当たりが起き、そのため、南町奉行所から営業の差し止めを申しわたされたのだという。再開の目途《めど》は立っていない。

「食当たり……」

通春は首を傾《かし》げた。

「瓢箪の主人の家、この近くだそうなんですよ」

藤馬に言われ、

「うむ、気が利くな」

珍しく通春は、藤馬を誉《ほ》めた。

主人の雁次郎の家は、瓢簞から北に一町ほど歩いた長屋であった。間口九尺《まぐちくしゃく》、奥行き二間《けん》の棟割《むねわ》り長屋の真ん中あたりが、父娘の住まいだ。

ふたり住まいで、母親はいない。生き別れか死に別れか、いずれにしても父ひとり、娘ひとりの侘《わ》び住まいだ。だが、店でのお美奈に、暗さや寂しさなど微塵も感じられなかった。

客商売ゆえ気を張っているのだろうが、お美奈本来の人柄が成せる技のように、通春には思えた。

「御免」

藤馬が右手で、こんこんと太鼓のように格子戸を叩いた。

「はあい」

返された声は、お美奈に違いない。

店での明朗《めいろう》さまではいかないが、客を迎えるしっかりとしたお美奈の口調に、通春はほっとした。ほどなくして格子戸が開かれた。

お美奈は藤馬を見て首を傾げたが、背後の通春に気づいた。

「……お侍さま、お店にいらっしゃいましたね」

「五日前、絶品の煮込みを味わった」

通春が返すと、お美奈は恥ずかしそうにうつむいた。それから、

「あの、本日、いらしたのは……」

と、訝《いぶか》しんだ。

「あまりに美味かったので、また食べたくて店を訪ねたのだ。この者に話したらぜひ一緒に、と男ふたりでのこのことやってきた次第だよ」

「そうでしたか。それはありがとうございます」

お美奈が礼を言ったとき、

「お美奈、どなただ」

奥から声が聞こえた。

黙々と料理をしていたので言葉は交わさなかったが、主人雁次郎であるのは間違いない。お美奈は、どうやって紹介しようか迷っているふうだったが、

「どうぞ、おあがりください」

と、通春たちを家の中に入れた。

居間でお美奈が雁次郎に、五日前にいらしたお侍さまです、と紹介した。

「旗本、松田求馬と申す」

通春が市井《しせい》を歩く際の偽称《ぎしょう》を告げると、

「家来の藤馬です」

もっともらしい顔で、藤馬も挨拶をした。

さて、このあとどう切りだそうかと思案していると、

「瓢簞の煮込みが絶品だって、求馬さまが口を酸《す》っぱくしておっしゃりましてな。家来としても、賞味しないわけにはいかないと、お供した次第」

藤馬が、身振り手振りをまじえたおおげさな物言いをした。それを引き取り、通春は続けた。

「この者が申したように、また煮込みを食べたくなってやってきたのだが、しばらく休みと知り、残念だった。同時に、戸惑いと疑念……それにお節介だが、心配になってな」

雁次郎と顔を見合わせたあとに、お美奈が答えた。

「それは、まことにありがとうございます。ご心配までしてくださって」

雁次郎も何度も頭をさげた。

通春は続けた。

「じつは、よからぬ噂《うわさ》を耳にした……食当たり……なのだが……」

途端に、お美奈の目が剣呑《けんのん》に彩られた。天真爛漫《てんしんらんまん》なお美奈には不似合いな険《けわ》しい顔で、

「食当たりなんて、絶対にありません」

と、強く言いたてた。

予想以上のお美奈の反発に、通春は言葉を呑《の》みこんだ。藤馬も口を半開きにしたが、そこは口達者の男、表情をやわらかにして尋ねた。

「いや、それを聞いて納得した。求馬さまも、絶対に食当たりなんかありえないって強くおっしゃっていたからね。こちらに押しかけたのも、なぜそんな騒ぎが起きたのかという強い疑念からだ」

お美奈は高ぶった気持ちを静めるように、大きく息を吐いた。代わって、雁次郎がおずおずと語りだした。

「料理の道に入って三十年です。調理場の掃除、包丁や道具の手入れを欠かしたことなんかありません」

雁次郎は下野国都賀郡壬生町《しもつけのくにつがぐんみぶまち》に生まれた。壬生町は譜代《ふだい》の壬生藩三万石鳥居家《とりいけ》の城下町である。雁次郎の家は城下にあって、いちばんの料理屋を営んでいた。

雁次郎は三男、家は長男が継ぐ予定だった。だが、料理好きだった雁次郎は、

物心ついたころから店を手伝い、いつしか料理人になりたいと本気で願って、江戸に出ようと決意した。

　雁次郎の熱意にほだされた両親は、贔屓にしてくれていた鳥居家の家臣に相談し、江戸浅草《あさくさ》の料理屋千川《せんかわ》を紹介された。

　十三歳で奉公に出た雁次郎は、好きこそ物の上手《じょうず》なれ、厳しい修業に耐え、二十歳で板前のひとりに昇進、以後、千川の味を守り続ける。

　ところが五年前、問題が発生した。主人の跡を継いだ息子と、板前たちの対立だった。

　ひたすら利を追い求め、そのためには食材の品質低下も辞さない息子に、板前たちが反発、店を辞めてしまったのだ。雁次郎は先代への義理から店に残り、新入りの板前たちを教育しつつ、それでも千川の味を守ろうと奮闘《ふんとう》した。

　しかし三年後、突然、息子は千川を閉店してしまった。日本橋の両替商、大黒屋《だいこくや》から店を高値で買うと持ちかけられ、あっさり売ってしまったのだ。大黒屋は千川を買い取り、呉服商に転売した。

　茫然《ぼうぜん》となった雁次郎であったが、贔屓客の支援を受け、瓢箪を出店したのだった。

「松田さまが褒《ほ》めてくださった煮込みは、千川の先代に教わったんです」

板前の修業中、雁次郎は奉公人たちの賄飯《まかない》を作っていた。

そのとき、店の残り物を活用し、日持ちがして滋養《じよう》がつく料理だと、先代が仕込んでくれたのだとか。

「作り方を教わりましたが、先代は作っても食べてくださらなくて。ある日なんか、犬の餌《えさ》にしたんです。悔《くや》しいやら情けないやらで」

雁次郎は、千川を辞めようと思った。

「生意気盛りだったわしは、包丁には自信がありました。包丁さえ握ればひとり前に料理がこさえられる。ごった煮なんか料理なもんかって、おおいに反発し、先代を恨んだものです」

ある晩、夜逃げをしようとした。すると、板長に見つかった。板長はなにも言わず、雁次郎を調理場に連れていった。外から窓越しに中を見ると、先代夫婦が煮込みを食べていた。先代は妻に、

「雁次郎の奴、ここまで頑張った。あと一歩だ」

と、語りかけていた。

先代は毎日、店が終わってから煮込みの味を確かめている、と板長から聞かさ

れた。もうちょっとで認められる、いま逃げたら負け犬だぞ……あと一歩、なにが足りないのかよく考えろ、と板長は諭《さと》した。

なるほど、手際よく整った味にはなっているが、ただ美味いだけだ、とも。

「ですが、そのあと一歩がなにか、わかりませんでした。わかりませんが、逃げたくはなかった」

雁次郎は半刻《はんとき》早く起き、煮込みの仕込みに時間をかけた。具材ひとつひとつに、美味しくなれと念をこめてさばいた。火加減にも気を配った。くべる薪《まき》も自分で割り、鍋に等しく火があたるようにした。

それからひと月後、初めて先代は奉公人たちの前で煮込みを食べ、しかもお替わりをしてくれた。

「あのときは本当に嬉しかった……」

雁次郎は涙ぐんだ。

藤馬も、

「いい話ですな」

と、もらい泣きをした。

「おとっつぁん、めそめそしないで。お通夜《つや》じゃないいんだからね」

お美奈が励ますと、そうだな、と雁次郎は手拭《てぬぐ》いで目頭《めがしら》を拭《ぬぐ》った。

雁次郎の料理人としての半生《はんせい》を知り、通春は親しみを感じた。

「立ち入ったことを訊《き》くが、女房は……」

雁次郎は小さくため息を吐き、

「瓢箪を出した直後に、肺を患《わずら》って死にました。千川が売られ、瓢箪を開くまで、ずいぶんと心労をかけたようです」

「それから、けなげにお美奈ちゃんが、親父さんを支えているんだな。偉い！」

馴れ馴れしさは、藤馬の特徴だ。初対面にもかかわらず、すでに「お美奈ちゃん」とてらいもなく呼びかけている。

ここらで本題に入ろうと、通春はこほんと空咳《からぜき》をして、雁次郎とお美奈の顔を交互に見た。

「それで、食当たり騒動の経緯《いきさつ》を話してくれ」

これにはお美奈が答えた。

食当たりが起きたのは、昨日の昼さがりだった。三人の客が突然、腹痛を訴えた。折よく医者の佐野萬斎《さのまんさい》が居合わせ、鮪《まぐろ》の漬《づ》けにあたったのだと診断した。

ただちに、南町奉行所が立ち入り、営業停止を命じられた。

「食当たりになった客は、馴染《なじ》みの者たちか」

　通春の問いかけに、お美奈は首を左右に振った。

「初めてのお客です」

「どんな者たちだ」

「大工《だいく》さんでした」

「この界隈のか」

「お見掛けしたことはありません」

「その場に医者が居合わせたというのも怪しいですね」

　藤馬が口をはさんだ。

「その医者のほうは常連なのか」

　通春が確かめると、

「いいえ、初めてでした。往診《おうしん》の途中とおっしゃっていましたが」

　お美奈が答えると、

「その者、まことに医者であっただろうか」

　あらためて、通春が疑問を投げかけた。

　この時代、医師であることを示す免状はない。極論すれば、わたしは医者だと宣言すれば、医者に成れた。

頭を丸め、黒の十徳《じっとく》を身に着け、往診用の薬籠《やくろう》を持てば医者らしく見える。働くのが嫌なものぐさな者などは、不埒《ふらち》な了見《りょうけん》で医者の看板を掲《かか》げる者もいた。

そうした連中を、「でも医者」と称している。

もっとも、医療や薬に対する知識がない者は、すぐに化《ば》けの皮《かわ》がはがれ藪《やぶ》医者だと敬遠《けいえん》される。

「芝界隈では名医で知られる、小柳順道《こやなぎじゅんどう》先生のお弟子《でし》さんということでした。実際、順道先生の薬籠を持っていらっしゃいました。薬籠には、順道先生の書付《かきつけ》もあったのです」

書付は、往診先に示すものだった。佐野萬斎が自分の弟子であり、体調を崩しているため代わりに往診に差し向ける旨が記してあったそうだ。

「てことは、医者に間違いないんですね」

怪しんでいた藤馬も、佐野を信じはじめたようだ。

お美奈は力なく目を伏せる。

「いや、ますます怪しいな」

通春はお美奈を励ますように断言した。お美奈は顔をあげ、藤馬は、おやっとなった。

「鮪の漬けで食当たり起こすなど、聞いたことはない。それに、食当たりによる腹痛が起きるには早すぎる。牡蠣《かき》にあたって七転八倒《しちてんばっとう》の苦しみを覚えるのは、半日ほど経ってからだぞ。生魚であれば早くても四時ほどあとにならないと、症状に出ないものだ。早く腹痛が起きるのは、腐《くさ》った蒲鉾《かまぼこ》や菓子を食した場合だが、それでも半刻はかかる。毒でも入っていないかぎり、食べたすぐあとに苦しむことはない」

理路整然とした通春の説明に、藤馬は手を打って、

「違いないですよ」

と、即座に決めつけた。

するとお美奈が、

「妙だとは思ったのですが、三人のお客さんたちが、あんまりにも苦しがったので……」

「お美奈ちゃん、優しいから騙《だま》されたんだよ。ひでえ野郎たちだな」

藤馬は憤慨《ふんがい》した。

わたしが馬鹿だったんです、とお美奈は悔《く》いた表情を見せた。

「これは言いわけになりますが、順道先生は食当たりに関しては江戸で一、二を争うって評判なんです」

さる料理屋を往診したときだった。主人の治療のために呼ばれた順道は、女将《おかみ》から客が食当たりになったと告げられ、急遽《きゅうきょ》、治療した。

小部屋で寝かされていた客は某《ぼう》旗本で、刺身《さしみ》にあたったということだった。しかし、順道は旗本の唇や舌が痺《しび》れているのを見て、河豚《ふぐ》中毒《ちゅうどく》だと診《み》立てた。

この時代、河豚は常食となっておらず、その毒性ゆえ幕府は食するのを禁じ、幕府に倣《なら》う大名家も珍しくなかった。それでも、怖いもの見たさ、河豚独特の味わいを好む者たちは、ひそかに賞味していた。

京、大坂の上方では、毒にあたるを鉄砲弾《てっぽうだま》にあたるに引っかけ、鉄砲と呼び、河豚鍋を「てっちり」（鉄砲のちり鍋）、刺身を「てっさ」（鉄砲の刺身）と呼んでいた。

この料理屋でも、旗本の強い希望で河豚を出したのだった。

順道は食後四半刻と経っていないと聞き、旗本の口に指を突っこんで、無理やり吐きださせ、危《あや》うく命を落とすところを救った。

以来、順道は食当たりの権威となった。その順道の弟子ゆえ、疑念をはさめずに、うまく言いくるめられてしまったのだという。

「念のために申すが、河豚は毒だ。食当たりではない。毒ゆえ食して時を経ず、症状が出る。鮪の漬けが、ただちに腹痛をもたらすことはない」

確信に満ちた通春の話を受け、

「決まりですよ」

藤馬も自信満々に、三人と医者が組んだ芝居だと決めつけた。

「それにしても、なぜその者らは、食当たりなどという言いがかりをつけたのだろうな」

通春が疑問を投げかけた。

お美奈が見やると、雁次郎はうなずいた。

「番付表に載せてやる、という誘いに、乗らないからだと思います」

料理だけでなく、さまざまな事物が相撲《すもう》を模《も》して番付表にされていた。

料理屋、酒豪《しゅごう》、温泉、菓子等々……流行《はやり》ということもあり、載ればおおいに宣伝となった。

そのなかでも、料理屋番付はとくに人気を得ていた。

瓢簞にやってきたのは、料理番付表のなかでも権威があると噂される豊年屋《ほうねんや》である。

豊年屋は、大奥《おおおく》の奥女中や大名家の留守居役《るすいやく》たちが利用する高級料理茶屋をひそかに採点し、番付表に載せる店を選抜する。豊年屋の元締めは、将軍の身のまわりを世話する小納戸役《こなんどやく》を務めた、磯野源太夫《いそのげんだゆう》だ。

小納戸役は将軍の食事を調《ととの》える御膳番掛《ごぜんばん》も兼ねており、磯野は責任者であった。将軍の食膳を司《つかさど》ったこともあり、天下一の舌だと自他ともに認められている。

徳川吉宗が八代将軍になると、磯野は小納戸役を辞した。吉宗は質素倹約《しっそけんやく》を推進、贅沢華美《かび》な暮らしを戒《いまし》めた。日常は木綿《もめん》の服で暮らし、食事は一汁、三菜、酒は三合までと決めた。ご馳走など無用ということで、磯野は御役御免となったのだった。

だが小納戸役を辞しても、磯野の権威は衰《おとろ》えるどころか、ますます輝きを放った。将軍の舌を満足させていた磯野がお墨付《すみつ》きを与える料理屋となれば、繁盛間違いなしだからだ。

磯野は多くの料理人たちのほか、家臣たちを、江戸市中の料理屋に派遣している。

その磯野の家来のひとり、森山正二郎《もりやましょうじろう》が、料理屋番付表に載せてやる、と瓢箪に持ちかけてきたという。

たちまち藤馬が反応した。

「森山とかいう侍は、瓢箪を料理屋番付表に載せてやるから、それ相応の礼金を出せって持ちかけたわけだ」

口に出すのもはばかられるのか、雁次郎は無言でうなずいた。実直な人柄、料理に真摯《しんし》に向かう雁次郎が、応じるはずはない。

不快な思いを払うように、雁次郎は激しく首を左右に振ってから、

「幕内に入るには金十両が必要だと、森山さまはおっしゃいました。料理番付表は行司《ぎょうじ》に磯野源太夫さまの名前が載り、江戸中に出まわる。だから客が押し寄せ、おおいに繁盛する。十両などあっと言う間に、もとが取れる。それどころか、もっと大きな店になる。日本橋や浅草、上野《うえの》の表通りにだって店を構えられる。そうなったら、幕内の上位や小結《こむすび》を目指せ。幕内筆頭は五十両、小結は百両だ、と。関脇《せきわけ》、大関《おおぜき》は難しいが、小結なら自分の口利きでなんとかなる……森山さまからは、そういった誘いを受けました」

磯野源太夫の威《い》を借り、森山はこれと目をつけた店から、料理番付表掲載を餌に甘い汁を吸っているに違いない。

料理で私腹を肥《こ》やすとは許せないと、通春は森山への嫌悪感《けんおかん》で胸がいっぱいになった。

「森山正二郎、懲《こ》らしめてやる」

静かな口調ながら強い意思を目にこめ、通春は言った。

すると、

「御免、雁次郎、おるか」

と、玄関から声が聞こえた。

「津川《つがわ》さんだ」

お美奈が腰を浮かし、玄関に向かった。

「南町の旦那《だんな》で津川鶴之助《つるのすけ》さんです」

雁次郎が説明した。

津川は南町奉行所の定町廻《じょうまちまわ》りで、芝界隈を縄張りとしていることから、瓢箪を贔屓にしてくれているそうだ。今回の食当たり騒動にも、立ち会ったという。

お美奈に伴われ、津川が入ってきた。

四十前後の温和《おんわ》な感じの男だった。腰に大小を差し、格子柄の小袖を着流して黒紋付《くろもんつき》を重ねた白衣帯刀《はくいたいとう》姿だ。小銀杏《こいちょう》に結った髷《まげ》と、紋付の裾《すそ》を巻きあげて帯にはさむ八丁堀《はっちょうぼり》同心特有の巻き羽織《はおり》が、いかにも様になっている。

お美奈から通春と藤馬を紹介され、津川は通春に会釈《えしゃく》をした。通春も挨拶を返す。

「松田さまは食当たりを心配され、訪ねてくださったのです。津川の旦那も、おとっつぁんとわたしを気遣《きづか》っていらしてくれたのですよ」

お美奈の言葉を引き取り、

「津川さん、食当たりのときに立ち会われたそうですが、不審には思われませんでしたか」

通春は問いかけた。

「正直、怪しいと思いましたな。ただ、医者の小柳順道先生のお弟子さんが食当たりに間違いないと診立てられましたのでな、無視できず、とりあえず疑いが晴れるまで、瓢箪には休んでもらうことにしたのです」

食当たりの名医という評判に加えて、順道には南町奉行所で扱う殺しの検死《けんし》を任せていたそうだ。たしかに、そんな順道の弟子となれば、無視はできまい。

「順道先生は、昨年の秋に、ご子息《しそく》の陽之介《ようのすけ》さんを亡くされたのです。長崎《ながさき》で蘭方《らんぽう》を学んだ前途有望なお医者だったのですが、お気の毒にも火事で……先生はすっかりと元気をなくされ、酒に浸り、博打《ばくち》にも手を出し、ずいぶんと借金を作ったそうですよ」

するとお美奈が、

「若先生、よくうちにいらっしゃいましてね。煮込みを召しあがってくださったのです。いつも、にこにことされて、美味しいって褒めてくださいました」

と、言い添え、涙ぐんだ。

「津川さん、わたしは食当たりが嘘《うそ》だと、暴くつもりです。お手助けください」

通春は津川に向かって、膝を進めた。

「手助けなんて……むしろ、わたしがお願いしなきゃいけません。わたしも瓢箪の煮込みが食べられなくなったら悲しいです。町廻りの途中、あの煮込みを食べ、よしもうひと頑張りだって、気合いを入れていたのですから。それで松田さま、なにかお考えがありますか」

津川は期待をこめた様子で問い返した。

「では、さっそく同道してください」

通春の誘いに、津川は「喜んで」と応じた。

四

雁次郎に森山の拠点《きょてん》を訪ねてみると、おそらくは、増上寺門前町にある宝亭《たからてい》という小料理屋ではないか、と言った。

森山は気が変わったら、つまり、金十両を払う気になったら宝亭まで持参せよ、と告げたそうだ。十両払わなければ、食当たりによる営業停止は解除されないということだろう。

宝亭へ向かう途中、不意に通春が立ち止まった。

往来の雑踏の先にある一角を見つめている。津川が訝しみ、

「どうしました……お知り合いをお見かけになったのですか」

「大福《だいふく》だ」

という通春の答えに、津川は、おやっとなって言った。

「ああ、豆福ですな。評判の店ですよ」

なるほど、間口三間の店先には、「豆福」と白字で染め抜かれた萌黄色《もえぎいろ》の幟《のぼり》が春風にはためいている。そういえば、先日お珠が買ってきた大福が、芝増上寺門

前の豆福のものだった。

藤馬も思いだしたようで、美味かったがや、と舌舐《したな》めずりをした。

「買っていこう」

当然のように通春は言った。

「ええっ、ああ、そりゃかまいませんが、帰りにしませんか」

困惑して津川は返した。

通春はやわらかな笑みを浮かべ、

「何事も思いたったら即実行だ。善《ぜん》は急げ」

と、藤馬に財布を手渡した。

次いで、

「津川さんもいかがか。奢《おご》るよ」

「わたしはいりません」

不満そうに津川は返した。藤馬が大福を買いにいってるのを待つ間、津川は苦虫を噛《か》んだような顔つきをしていた。

ほどなくして、藤馬が竹の皮《かわ》に包んだ大福を買ってきた。財布と一緒に、通春は笑みを浮かべて受け取った。

宝亭は高級料理屋というよりは、知る人ぞ知る穴場として知られているそうだ。そのせいか、目立たない裏路地にひっそりとかまえられていた。

周囲を竹林が囲み、外からでは店の様子はわからない。

「津川さん、表で待っていてくれ。出番となったら、藤馬に呼びにいかせる」

通春の頼みを、津川は快く応じた。

津川を残し、通春と藤馬は木戸をくぐり、石畳みを歩いて玄関に至った。檜造《ひのきづく》りの一軒家である。竹林がしなり、鹿威《ししおど》しの音が風情《ふぜい》を漂わせている。格子戸を開き、中に入った。

「いらっしゃい」

の、声もかからない。

土間を隔《へだ》て、小上がり二十畳ほどの座敷が広がっている。衝立《ついたて》でいくつか区切られていて、奥に小座敷があるようだ。

衝立の陰《かげ》から、男たちの声が聞こえた。店内を見まわすが、誰も出てこない。

藤馬が声をかけると、ようやく奥からぬうっと男が出てきた。紺地無紋の小袖を着流し、宝亭の屋号を染め抜いた前掛けをしている。

男は通春と藤馬を見ても、無愛想な顔で立ったままだ。

愛想笑いを浮かべた藤馬が、

「あがっていいかな」

と、客なのに遠慮がちに声をかけた。

「どうぞ」

気のない声で男は返事をする。

次いで藤馬が、

「ここは、なにが美味いのかな……番付表には載っていない隠れた名店だって、小耳にはさんだのだが……」

と、問いかけた。

「なんでもお好きなものを……」

男は無愛想極まる返事をした。料理を記した短冊すらないとあって、なにを食べさせるのかもわからない。衝立越しの男たちは、泥鰌《どじょう》の丸煮を食べているようだ。藤馬は鼻をくんくんとさせながら注文した。

「こりゃ、いい匂いだ。泥鰌だな。では、泥鰌の丸煮といくか」

男は無言で奥に引っこんだ。

「無愛想ですな。よほど味自慢なのですかね」

藤馬は肩をそびやかした。

やがて、丸煮が運ばれてきた。刻み葱をたっぷりかけようと思ったが、小皿に盛られているだけだ。

「刻み葱を追加したいのだが」

通春が頼むと、男は首を横に振った。

不愉快な気分で、通春は泥鰌を食べた。藤馬も箸を取る。

が、ふたりともひと口食べただけで箸を止めた。泥鰌は生煮え、出汁はやたらと濃い。葱は刻んでずいぶんと経っているのだろう。しゃきしゃきとした触感も瑞々《みずみず》しさもなく、しなびて苦いだけである。

ふたりとも顔をしかめたところで、格子戸が勢いよく開き、侍が入ってきた。羽織、袴《はかま》に身を包み、白足袋《しろたび》が目に眩《まぶ》しい。でっぷりと肥え太り、顔がてかてかと光っている。

「森山さま、いらっしゃいまし」

通春と藤馬に対する態度とは別人のような愛想のよさで、さきほどの男が応対した。

「いらっしゃっていますよ」

男は衝立に視線を向けた。

森山は、丸煮を食べている男たちと待ちあわせているようだ。

「いや、ひとまずは、ここで咽喉を潤《うるお》す」

森山は通春の近くに、どっかと座った。

すぐに男が酒を持ってきて、森山は手酌《てじゃく》で飲みはじめる。黙々と猪口《ちょこ》を傾け、なにやら書き物を見やりながらひとりほくそ笑み、ときおり玄関に顔を向けた。

森山は、男たち以外にも誰かを待っているようだ。

やがて、初老の男が入ってきた。坊主頭をし、黒の十徳に身を包んでいる。森山は、にこやかに声をかけた。

「佐野さん、こたびは世話になりましたな」

たしか瓢箪に居合わせた医者は、佐野萬斎だったはずだ。おそらくはこの男こそが、当人に違いない。坊主頭、黒の十徳姿ではあるが、胸元が乱れ、およそ医者の品性は感じられなかった。

森山は、佐野とともに男たちと合流した。

通春も藤馬も、耳をそばだてる。

「約束の……」

森山が言った。

「こりゃ、すんません。いやあ、山吹色の輝き、ありがてえや」

佐野は礼金を受け取っているようだった。

その物言いは、医者というよりはやくざ者である。風貌《ふうぼう》と相まって、いかにも偽《にせ》医者のように思えた。

「おまえたちにもな」

森山は男たちにも、謝礼だと金を渡した。

推理を働かせるまでもなく、瓢簞で食当たりを偽った者たちだろう。

通春は藤馬に、津川を呼ぶようささやいた。藤馬は足音を忍ばせ、玄関に向かう。ほどなくして、藤馬と津川が入ってきた。通春は無言で目配せをする。

ふたりは、森山たちの近くにある衝立の陰に身をひそめた。

通春は立ちあがり、森山たちの座すほうに歩き寄る。次いで衝立越しに、

「森山さんだね」

と、声をかけた。

「いかにも……どなたかな」

衝立の向こうで、森山は返事をした。

「瓢簞の亭主の代理で来たのだ」

通春が言うと、

「雁次郎の……おお、そうか」

森山は心持ち声を弾ませ、衝立から出てきた。通春を見ると、怪訝《けげん》な表情となる。瓢簞の亭主の代理を侍が務めているのを、疑問に感じたようだ。

「瓢簞を料理番付表に載せる一件で、返事に来たぞ」

通春は思わせぶりな笑みを浮かべ、懐中《かいちゅう》から紫《むらさき》の袱紗《ふくさ》包《づつ》みを取りだし、森山の前に置いた。森山は、こんもりと盛りあがった包みに視線を向けた。

「そうか。雁次郎も得心《とくしん》したか」

通春への疑念を解いたのだろう。森山は表情をやわらかにし、袱紗包みに右手を伸ばした。

「待て！」

不意に通春は、甲走《かんばし》った声で森山を制した。はっとなった森山は、思わず手を引っこめる。目元を険しくし、

「いかがした」

と、問責《もんせき》口調で聞いてきた。

「念のため確かめる。十両支払えば、瓢簞を料理番付表に載せ、食当たりは間違いだったと、南の奉行所に届けるのだな」

通春は森山を見据《みす》えた。

森山は誇らしげに胸を張り、

「武士に二言はない」

と、野太い声で答えた。

「そうか。しかし、十両は払わぬ」

冷然と通春が告げると、森山の眉間《みけん》に皺《しわ》が刻まれた。

「そんなことを申しながら、十両を持参しておるではないか」

森山は唇を歪《ゆが》めた。

「気に入ったなら、受け取ればよい」

静かな口調で、通春は言う。

渋面《じゅうめん》のまま、森山は袱紗包みを手に取った。

「なんだ……」

口をあんぐりとさせた森山に、

「なんだ、と申して、あんた、大福を知らないのか。そんなことで、よく料理屋の見立て番付に載せる店を選べるな」

呆《あき》れたように言い、通春は竹の皮に包まれた大福を見た。

「おのれ、舐めおって」

森山は真っ赤な顔をした。

「そういきりたたずに、食べたらどうだ。心がなごむぞ」

通春が笑みを送ると、

「ふざけるな！」

怒声《どせい》を放ち、森山は大福を畳に投げつけた。

「食べ物を粗末にしたら罰が当たるよ」

叩きつけられた大福を、藤馬が拾って着物の袂《たもと》に入れ、衝立を取り去った。

泥鰌の丸煮を食べていた男たちは三人、いずれも腹掛けに半纏、股引《ももひき》という格好からして大工であろう。佐野同様、目の前に小判《こばん》を置いていた。

「ええい、去れ！」

森山が怒鳴りつける。

通春が森山の前に立ち、

「その男たちは、瓢箪で食当たりになった者であろう。それに、食当たりと診立てた医者もいる」

一同を見まわすと、大工たちはぎょっとして顔を背《そむ》けた。

「な、なにを申す」

声を上ずらせた森山を見計らったかのように、そこで津川が姿を見せた。

「おや、おまえたち、昨日食当たりになったのに、泥鰌などを食べ、酒を飲んでよいのか。佐野先生、どうなんですかね」

「あ、いや、その……」

突然の問いかけに、佐野はうなだれた。

「話は聞かせていただきましたよ、森山さん」

津川は森山を見た。森山は唇を噛み、そっぽを向く。

通春は佐野の前に座り、詰問《きつもん》した。

「先生、本当のことをおっしゃってください。食当たりなどではなかったと……そもそも、あなた、本当に医者ですか」

佐野はおどおどしながら、懐中から書付を取りだした。小柳順道の弟子だという旨が記されたものだ。

通春は一瞥《いちべつ》してから、穏《おだ》やかな口調で問いかけた。

「そういえば河豚の毒に当たった初期、指先が震えますね。そのように……」

書付を、佐野に握らせた。書付は微妙に、ぶるぶると震える。

「え、ええ、そうですよ。河豚を食べるときは命懸《いのちが》りです」

顔を引きつらせ、佐野は答えた。

途端に、

「ぼろが出たな。河豚中毒の初期は、唇や舌が震えるのだ。食当たりの権威、小柳順道先生の弟子が、そんなことも知らぬはずはない」

通春は詰め寄った。

「い、いや、そ、それは、その……」

佐野はしどろもどろとなった。

すかさず藤馬が、

「おや、舌がもつれているよ。まさか、河豚に当たったのかい」

と、からかいの言葉を投げかけた。

「まいりました。お見通しのとおりです。あっしゃ、博徒《ばくと》です。小柳先生はうちの賭場《とば》で借金をこさえて、その借金の代わりに薬籠を借り、書付を書いてもらいました……こちらの旦那に頼まれましてね」

白状しつつ、佐野は十両を森山に返した。

「おまえら、番屋で話を聞こうか」

津川が十手《じって》を突きつけると、大工たちは両手をついて詫びた。

「さて、森山さんにも話を聞かねばなりませんな」

ぎろりと睨《にら》んだ津川の視線を受け、

「このままではすまぬぞ」

森山は憎々《にくにく》しげな目で、通春を見た。

五

明くる二十六日、通春は雁次郎の家を訪れた。

「松田さま、御奉行所からお店を再開してよいと、お達しが出ました」

顔を輝かせ、お美奈は報告した。横で雁次郎も、満面に笑みを広げている。

「よかったな」

通春も心より祝福した。

「松田さまのおかげです」

お美奈が礼を言うと、雁次郎もお辞儀をした。

「礼なら津川さんに」

「松田さまも、ご尽力《じんりょく》くださったではありませんか」

お美奈は雁次郎と顔を見あわせる。

「そんなことはよい。ともかく、食当たりの濡《ぬ》れ衣《ぎぬ》は晴れたのだ。瓢箪は再開できる。おれだって、あの煮込みが食べられると楽しみにしているのだ。して、いつから店を開けるのだ」

煮込みの味が思いだされ、思わず生唾が湧いた。

「御奉行所の立ち入りのとき、煮込みはすべて捨てられましたので、一からこさえなければなりません。となりますと……」

看板料理の煮込みを提供できないうちは、雁次郎は瓢箪を再開しないつもりのようだ。そして、納得できる味になるまで、何日でも手間暇をかけるだろう。

「急ぐことはないさ。あの煮込みなら、みな、いつまでも待つよ」

通春に言われ、

「わたしは、調理場をきれいにするわね」

お美奈は声を弾ませた。

「ならば、再開を楽しみにしておる」

通春は腰をあげた。

帰途、瓢箪に寄ってみると、藤馬が待っていた。

閉じられた店の前にたたずむだけで、あのときの煮込みの味がよみがえってくる。

「通春さま、よだれを垂らさんばかりですね」

「おまえだって、食べればわかるさ」

藤馬のからかいの言葉に、通春は言い返した。

「そりゃ、ますます楽しみですな」

藤馬が両手をこすりあわせたところで、耳障りな音が聞こえた。

音の源は、瓢箪の隣、三軒長屋の真ん中と右だ。金槌《かなづち》、鋸《のこぎり》、大工たちの声がけたたましい。通春と藤馬が覗《のぞ》いてみると、二軒を隔てていた漆喰《しっくい》の壁《かべ》が壊され、ひとつの家に造作されようとしている。

「急げ、早くしろ」

「ですが、親方、そんなに急いじゃ、いい仕事はできませんよ」

若い大工が抗《あらが》うと、

「馬鹿野郎、頑丈《がんじょう》に仕上げることなんざ、いらねえんだ。早く仕上げれば、たんまりと手間賃《てまちん》を貰えるんだぞ」

親方は大工たちを督励《とくれい》し、普請《ふしん》を進めさせた。

「近頃の大工は、手抜きし放題のようですな」

藤馬が鼻白んだ。

六

如月《きさらぎ》一日の昼さがりであった。

通春は藤馬を伴い、そろそろ瓢箪が再開したのではと勇《いさ》んで向かった。藤馬も通春にさんざんに煽《あお》られ、期待がいやがうえにも膨《ふく》らんでいる。

天も瓢箪の再開を喜ぶかのように、晴れわたっていた。霞《かすみ》がかった青空を燕《つばめ》が飛び、軒雀《のきすずめ》の鳴き声が耳に優しい。

藤馬から何度も歩速を落とすよう頼まれたが、気が逸《はや》って、つい急ぎ足となった。やがて、瓢箪のある路地近くなった。

するうと、

「おや、これはすごい人だかりですよ」

と、息をぜいぜいしながら藤馬が言った。

次いで、

「瓢箪のあたりですね。こりゃ、きっと、瓢箪が再開すると聞いて、大勢が殺到しているんですよ」

藤馬の言葉に、通春も賛同して首肯《しゆこう》した。

「よし、並ぶか。待てばそれだけ、食べる楽しみが増えるというものだ」

「なるほど。では並びますか」

足取りも軽く、ふたりは列に加わった。

「待ち遠しいですね」

ときおり藤馬は背伸びをして、順番を待った。

「みなも煮込み食べたさに並んでいるのだろう」

並んでいる男たちに、藤馬が気さくに声をかける。男たちは藤馬を見返して、

「煮込み……」

と、きょとんとした。

「ええ、煮込みですよ。絶品でしょう」

藤馬も、おやっとなって言い返す。

すると、

「へ～え、そうなんだ。煮込みが名物なんだ。あっしら初めてなんでね」

「瓢箪が再開されたって、耳にしてきたのだろう」

「そうさ、評判を聞いて……おや、ちょっと待てよ。瓢箪って名前だったかな」

男は仲間と見交わしながら首をひねった。

その曇った顔を見て、通春の胸に不安の影が差した。

と、

「安太郎《やすたろう》だよ」

仲間のひとりが、店名を言った。

「そうそう、安太郎だった」

他の男が、湯屋に宣伝の書付が貼ってあったと言った。

「なんでも、酒も肴もひとつ三文《もん》だってんでね、あっしらやってきたんですよ。二束三文で高級料理を出すってのが売り文句ですぜ」

三文なら、騙されたと思って食べればいいと男は言った。

「なんだ、瓢箪に来たんじゃないのか」

藤馬は通春を見た。

「先日見た、普請現場が安太郎なのだろう」

通春の言葉に、藤馬も、そうですかねぇ、と首肯した。

「並んで損をしたな」

不満げな表情で、通春と藤馬は列を抜けた。後ろに並んでいた男たちは順番が繰りあがり、嬉しそうな顔をした。

とりあえず通春と藤馬は、瓢箪に向かってみた。なるほど、列の先頭は新装の店につながっている。暖簾は「安太郎」と染め抜いてあり、店の両脇には大きな高札が立っていた。

「二束三文で高級料理を」

「二束三文で鯛だ、めでたい」

などと、宣伝文句が謳《うた》ってある。

だが依然として瓢箪は、閉店したままだった。戸口の貼り紙には、近日開店とだけ記されている。雁次郎のことだ。お客に出せると納得できるまで、煮込みと格闘《かくとう》しているのだろう。

　雁次郎の料理に対する誠心誠意が裏目とならないよう、通春は願った。料理人としての真摯な態度と誇りが仇《あだ》となり、安太郎に客を奪われる……そんな事態は避けねばならぬが、雁次郎は聞き入れないだろう。

「それにしても安太郎は、どうしてこんな安値でやっていけるのだろうな」

　高札を眺《なが》めながら、通春は疑問を呈した。

「きっと、安物の食材を使っているんですよ。酒なんか、どぶろくに決まっています」

　藤馬らしい決めつけだが、通春もそう考えざるをえなかった。

「入ってみるか」

　ふと、思いつきで言ってみた。

「よしましょうよ。安かろうまずかろうに決まっていますって」

　顔をしかめ、藤馬が右手を左右に振る。

「そうであろうが、百聞《ひゃくぶん》は一見《いっけん》にしかず、だ」

　通春は藤馬が止めるのも聞かず、ふたたび行列に並んだ。藤馬もやれやれとばかりの不満顔で、通春の後ろについた。

一刻ほど並んだ末に、ようやくのこと店に入った。七つを過ぎていて、日輪は西に大きく傾むいている。店内は当然ながら瓢箪の倍の広さだ。紅《べに》の襷《たすき》を掛けた娘たちが手拭いを姉さん被《かぶ》りにして、接客にあたっていた。

入れこみの座敷にあがりながら、

「きっと、あれですよ」

藤馬が看板娘のほうに目を向けた。水茶屋さながらに、娘たちが男客を集めているのだろうと推測したようだ。

「色気で客をつるとは、店の技量が知れていますな」

次いで、

「それに、これだけ時をかけて並べば、舌だって馬鹿になるもんです」

言葉を止め、藤馬は店の裏手を見やった。白梅《はくばい》の花弁《はなびら》を夕陽が染めている。

「……そうだ、梅じゃなくて桜《さくら》だ」

藤馬は両手を打ち鳴らすと、声をひそめて通春に言った。

「並んでいた連中も桜ですよ。この店が雇っているに違いありません。この店は評判を呼んでいるって、いわば広告を打っているんです。よくある手ですよ」

訳知り顔で、藤馬は持論を展開した。

「そうかな……」

通春は店内を見まわし、予想に反して舌鼓を打っている者たちが多いのを指摘した。すると、

「いらっしゃいまし」

娘が注文を取りにきた。

「ええっと、とりあえずお酒、冷でようござんすよ」

注文した藤馬は、一杯飲みながら肴を考える、と言い添えた。娘は笑顔で調理場に引っこんだ。

と、そこで短冊が壁に貼ってあるのを見つけた。

「鯛の塩焼き、鯉の洗い、雉焼《きじやき》……これが全部三文ですか」

藤馬が驚きを示したように、高級料理も塩辛《しおから》のような庶民の肴も、一律で三文である。

「どんな鯛なんですかね。めでたい、なんて洒落《しゃれ》で鰯《いわし》を焼いているんじゃないですか」

小馬鹿にしたように、藤馬は笑った。

そこへ、酒が運ばれてきた。

「これ、どうぞ」

横には小皿も置かれる。

「こんなの、頼んでいないよ。頼んでもいない肴を出して、飲み代を稼ごうというのはよくないいな」

藤馬が鼻白むと、

「これは、お代は頂戴《ちょうだい》しません」

笑顔を浮かべつつ、娘はしれっと答えた。

「ええっ……ロハ、これが」

藤馬は目を丸くした。

「ロハ」とは、「只」を「口」と「ハ」に分けた江戸っ子言葉だ。小皿にはからすみが盛りつけられていた。

ここまでで、すでに圧倒されていた藤馬だったが、

「きっとまがい物でげすよ」

くさしながらも、からすみに箸をつけた。

通春も食べてみると、間違いない、正真正銘《しょうしんしょうめい》のからすみである。

「これがただというのは、こりゃ、この店、只者《ただもの》じゃないですね」

意図せずしての駄《だ》洒落を並べ、藤馬は感心した。

「う〜む」

さすがの通春も、受け入れずにはいられなかった。いまや藤馬は表情を明るくし、短冊に書かれた肴に視線を走らせ、次々と頼む。酒を飲むと、

「上方《かみがた》からの下《くだ》り酒ですよ」

藤馬の言うとおり、伏見《ふしみ》の造り酒屋から取り寄せた清酒だった。清らかに澄みわたり、芳醇《ほうじゅん》な香を立ちのぼらせ、ひと口含むとからすみを引きたてる深い味わい、それでいてさらりと咽喉を通った。

「まがい物じゃありませんね」

藤馬は運ばれてくる料理に、舌鼓を打った。間違いのない料理である。

「これが、三文とはね……」

嬉しそうに、藤馬は声をあげた。

「信じられぬ」

むしろ通春は、深い疑念を抱いていた。

「この安太郎って店、安かろうまずかろうじゃないってことですね。きっと、亭

主はご苦労をなさっているんでしょう」

一転して、藤馬は褒めだしている。

「こりゃ、瓢簞は苦戦を強《し》いられますよ」

そこで店内を見まわした藤馬は、

「おや……」

と、首をひねった。どうしたのだ、と通春は目で問いかける。

「いえね、ここの料理人たちなのですが」

壁に、料理人が以前にいた店名が記されていた。いずれも名店という評判の店ばかりだ。

「で、料理番付表なんですけどね」

懐中から、藤馬は磯野源太夫が行司を務める料理屋番付表を取りだした。

森山が雁次郎に載せてやると、もちかけたものだ。なんだかんだ言いながら、藤馬は磯野の番付表を手に入れている。

読売好きで野次馬根性丸出しの家主、丸太屋の娘、お珠の影響なのか、もともとそうした素地があったのだろうか。通春は、両方だと思った。

藤馬のことはともかく、安太郎の料理人は四人いるようで、「川膳《かわぜん》」「朧月《おぼろづき》」

「鳴滝《なるたき》」「蓬莱《ほうらい》」と、関脇、小結に番付された料理屋出身のようである。

ここで、

——このまま済むと思うなよ。

という森山の言葉が思いだされた。

「こら、臭《にお》いますね」

さすがの藤馬も、不審を感じ取ったようだ。

この安太郎は、森山が仕掛けた置き土産に違いない。逆恨みのせいで意地になり、瓢箪を潰《つぶ》しにかかっているのではないか。

はっきりとした根拠はないものの、そう直感した。

「なんとかしないといけないですよ」

「よし」

通春は決意した。

「どうしましたか」

「瓢箪を手伝う」

思わぬ通春の宣言に、

「わたしもひと肌脱ぎますよ」

藤馬も腕まくりした。

七

明くる日、通春と藤馬は瓢箪を訪れた。

やっとのこと開店に漕《こ》ぎつけたようだが、店内はがらんとしている。事情を察したのか、藤馬はすぐさま表に出て、

「瓢箪の煮込み、いかがですか。頬っぺたが落ちる美味さですよ」

と、食べてもいないのに調子のよさで、安太郎に入ろうとする客たちに宣伝をはじめた。

客引きは藤馬に任せ、通春は調理場に入った。雁次郎が押し黙ったまま、通春に頭をさげる。代わってお美奈が、

「松田さま、そんな……わたしたちで頑張りますので、どうぞ、これ以上のお心遣いは……お気持ちだけで十分でございます」

と、丁寧《ていねい》に頭をさげる。

「かまわぬ。こちらも乗りかかった船なのだ。途中で放りだすわけにはいかぬ」

熱い思いを伝えると、雁次郎は目元をゆるませた。

その顔は、疲労が蓄積しているようだった。

「雁次郎、疲れておるのではないか。少し休んだらどうだ。火の加減なら、藤馬が代わって見ておくぞ」

「おとっつぁん、ここは松田さまに甘えたらどうなの」

さすがにお美奈も、父が心配になっているようだ。

「馬鹿なことを言うな」

雁次郎は叱《しか》りつける。

「いや、まこと、休んだらどうだ。身体があってのものだねだぞ」

努めて優しく通春が勧めたところで、外から藤馬が戻ってきた。

簡単に事情を説明すると、目を白黒させていた藤馬だったが、すぐに覚悟を決めた。

「任せてくれ。焦《こ》がしたり、火を絶やしたりはしない」

「お気持ちだけ頂戴します。ほんと、あっしは大丈夫ですから」

答えとは裏腹《うらはら》に、雁次郎の額には脂汗《あぶらあせ》が滲《にじ》んでいた。しかしそれ以上、休めと言うのは、雁次郎の誇りを傷つけてしまうかもしれない。

通春は雁次郎の邪魔にならないよう、藤馬とともに調理場の隅で青物を水洗いした。雁次郎は鍋の中を覗き、必死で味を調えていた。その姿を見ていると、苦労が報《むく》われるのを願わずにはいられない。

すると、

「おとっつぁん」

お美奈の甲走った声が耳をつんざいた。

目を離した隙に、雁次郎が倒れていた。通春はすかさず、

「医者を呼んできてくれ」

口をあんぐりとさせた藤馬に告げる。

すぐに藤馬は駆けだした。

雁次郎は自宅に担ぎこまれ、寝床に横たえられた。

かなりの熱があり、しばらく安静にするよう小柳順道は診立てた。この前の騒動で迷惑をかけたと詫びて、熱さましの煎《せん》じ薬を診療費とともに無料とした。

「おとっつぁん、ここ二、三日、ろくに寝ていないんです」

お美奈の言葉に、

「そりゃ、いけませんよ」

藤馬が心配をする。

雁次郎は唸《うな》るような寝息を立てながら、寝入っていた。店のことが気になり、おそらくは夢の中で調理をしているのではないか。

「おとっつぁん」

お美奈は心配そうに、雁次郎の顔を覗きこんだ。

すると、

「かんぴょう……」

雁次郎はうわ言を漏《も》らした。

「かんぴょう」

藤馬が首をひねる。

「どうしたのだ」

通春の疑問に、お美奈が答えた。

「たぶん、幼いころに食べた、かんぴょうだと思います」

「幼いころというと……」

「おとっつぁんの出身地、下野の壬生は、かんぴょうが名産なんです。いまでも、伯父《おじ》さんが贈ってくださるんですよ」

以前にも聞いたとおり、雁次郎の実家は、壬生藩鳥居家の城下町で料理屋を営んでいる。実家を継いだ兄が、雁次郎の好物だったかんぴょうを贈ってくれるそうだ。

「わたし、このまま店を開けます」

毅然《きぜん》とお美奈は言った。

「いや、それは……」

止めようとしたが、お美奈の決意を見ると、

「わかった。わたしも力になる」

反対するよりも、協力を申し出た。

「お願いいたします」

お美奈の遠慮のなさが、なんとしても瓢箪を営むのだという強い意思を示していた。こうなれば通春も、その気持ちに応《こた》えねばならない。

「ならば、いかにしよう。単にこのまま店を開けていても、立ち行かぬだろう。安太郎の安値攻めに対抗するには、値下げでは駄目だ。向こうの土俵《どひょう》に立ってはいけない。安太郎にはないもの……つまり、瓢箪ならではの料理で勝負だ」

通春の言葉にうなずきながらも、

「それには、煮込みを出さなければならないのですが……」

お美奈は、病床の雁次郎を見た。

満足ゆく味になっていない煮込みを出すことを、雁次郎は許さないだろう。

「ここは背に腹は代えられぬ……とは、言わない。一度、味を落としたら、それが瓢箪の味となってしまう。安易に逃げてはいけない」

通春の考えを、お美奈は受け入れたが、表情は厳しさを増した。

「煮込みに代わる料理だ。瓢箪の看板となる料理を作るのだ」

言いながら、いったいどんな料理だと、通春は自問自答した。

すると、

「かんぴょう……かんぴょう……兄ちゃん、ありがとうな。うめえよ」

雁次郎がうわ言のように言った。夢の中で、兄からかんぴょうを食べさせてもらっているようだった。

「かんぴょうだ」

「かんぴょうはどうですか」

通春とお美奈は、同時に言葉を発した。

翌朝から、瓢箪の調理場でかんぴょう料理作りをはじめた。

大鍋で大量のかんぴょうを茹《ゆ》で、塩、砂糖、味醂《みりん》、醤油《しょうゆ》、酢《す》を用意し、料理に応じて加えてゆく。

かんぴょうの甘辛煮、太巻き、昆布《こんぶ》のかんぴょう巻き、蒲鉾と葱を油揚《あぶらあ》げで包み、かんぴょうで結んだ信田巻《しのだま》きなど、次々と作って店に出した。

店の表では、藤馬が声を嗄《か》らして集客に努め、通春は襷掛けで調理場を手伝った。

かんぴょう料理とお美奈の接客、そして多少の藤馬の頑張りで、じょじょに常連客が戻ってきていた。

が、食当たり前の六割ほどだと、お美奈は言った。食当たりは間違いだとあきらかになっても、一度離れた客を取り戻すのは難しい。雁次郎の煮込みが出せないのも大きかった。

それでも、雁次郎が平癒《へいゆ》し、煮込みを完成させるまで瓢箪の暖簾を守らねばならない。お美奈は歯を食いしばりつつも、

「もう一品、欲しいですね」

通春も、そのとおりだと思った。

店仕舞いとなったところで、

「そろそろ、桜が待ち遠しいな」

ぽつりと藤馬が言った。

すると、お美奈の目が輝いた。

「……桜飯だわ」

桜飯は、塩と醤油を入れて炊《た》いたご飯に、蛸《たこ》の薄切りを乗せて食する。蛸の薄切りを桜の花弁に見立て、桜飯と呼ばれていた。

花見の際、よく弁当に持参されてもいる。

お美奈は桜飯を用意し、蛸の薄切りに加えて細かく切ったかんぴょうを添えた。

かんぴょうが、春の野山を想起《そうき》させる。

「山桜飯だな」

通春は言った。

お美奈が、通春と藤馬に試食を頼む。

通春はゆっくりと食した。

かんぴょうの甘味が蛸の淡い味を引きたて、相性は抜群だ。藤馬などは、茶漬けのように掻《か》きこんでいる。

「いけるぞ。売れるに違いない。そうだ、花見向けに、弁当として売りだしてもよいかもしれぬな」

通春に太鼓判をおされ、お美奈はにっこり微笑んだ。


さっそく翌日から、山桜飯を出した。弁当は店先で、藤馬が売る。

山桜飯は好評だった。さらに、病《やまい》が癒《い》えた雁次郎は、煮込みを完成させつつあった。煮込みができれば、山桜飯とともに瓢簞の看板料理となる。いまだ真《まこと》の完成ではないものの、十分に店に出せるものだと、雁次郎は言いきった。

いいことは重なるもので、せっかちな常連客によって、さらなる新たな料理めいたものができた。

なんと山桜飯に煮込みをかけて、食べはじめたのだ。仲間からは、野暮だとか下品だとか非難されたが、

「おめえらもやってみろい」

めげるどころか、男は仲間たちに勧めた。やってみると、たしかに美味い。

「こりゃ、いけるぜ」

こうして、煮込みかけ山桜飯ができあがった。

山桜の美観を損なうと嫌う者もいたが、酒を飲んだあと、締めの一品に頼む者があとを絶たない。

そんな日々が続くうち、安太郎で事故が起きた。天井が落ちたのだ。

二軒を隔てていた漆喰の壁を壊し、その保全をしないまま手抜きの突貫《とつかん》工事をおこなったのが仇となったようだ。加えて、鯉の洗いで食当たりを出した。

安価《あんか》につられて客は押し寄せたが、売上に比して利益はないどころか赤字であった。そのため、料理人の手間賃支払いが滞《とどこお》り、食材の管理もいいかげんなものになった。

結局、安太郎は閉店に追いこまれた。

数日後、ついに雁次郎は、満足のゆく煮込みを店で出した。それを聞きつけた通春は、喜び勇んで瓢箪に来店した。

通春ばかりではない。

待ちに待った常連客で、店内は混みあっていた。それでも、

「松田さま、こっちこっち」

と、津川が席を確保してくれていた。

席につくや、お美奈に煮込みを頼む。あちらこちらの席から、煮込みに舌鼓を打つ音が聞こえる。お美奈が、通春と津川の分を運んできた。

「星野さんは……」

お美奈に聞かれ、

「声をかけておいたから、もうすぐ来るだろう」

返事をするのももどかしくなって、通春は箸を取った。椀《わん》から立ちのぼる湯気に、思わず笑みがこぼれる。

「おとっつぁんが言っていました。この煮込みは、自分だけでこさえたんじゃない。松田さまや津川の旦那、藤馬さんと作りあげたんだって」

お美奈は、ありがとうございます、と腰を折った。

「わたしたちより、お美奈ちゃんのおかげだ。親父さんだって、内心ではそう思っているよ」

通春が返すと、津川も「違いないですよ」と何度もうなずいた。

そこへ、

「とうとうできましたね」

藤馬が入ってきて、津川の隣に座った。お美奈が藤馬の煮込みを取りに、調理場に戻った。

「安太郎には、浅草や上野の高級料理店の料理人が集められたそうですよ。みな、磯野源太夫が行司を務め、森山正二郎が選定する料理番付表に載っている名店ばかり。やっぱり安太郎は、森山が瓢箪潰しのために作ったもののようです。森山は偽の食当たりにかかわった罪で過料《かりょう》に処されたんですがね、いまだ懲りていなかったようですな」

津川の話に、通春も藤馬も納得のうなずきを見せた。

すると、お美奈が戻ってきた。

「待ってました！」

弾んだ声を出した藤馬であったが、

「星野さん、ごめんなさい。今日は売りきれちゃったの」

お美奈はぺこりと頭をさげた。

藤馬は天を仰ぎ、絶句している。

満開の梅が咲き誇る、春爛漫《はるらんまん》の昼さがり。肩を落とす藤馬を横目に、通春は山桜飯に舌鼓を打った。

第三話　お珠、奮闘す

一

日本橋本石町《ほんこくちょう》の裏通りにある道具屋、掘り出し屋は、店名が示すように、ガラクタにしか見えない品々のなかに思いもかけない名物がひそんでいる、と喧伝《けんでん》している。

が、それほどに客がいないのは、いまだかつてこの店から掘り出し物を見つけたという話を聞かないからだ。

十五年にわたって店を営《いとな》んでいるが、やってくる客と言えば、掘り出し物を探すというより、十把《じっぱ》一絡《ひとから》げで売られる瀬戸物の茶碗《ちゃわん》や湯呑《ゆのみ》、皿が目あてである。

如月《きさらぎ》の十五日、桜が待ち遠しい時節となった昼下がり。

店内の台に置かれた仏像や置物、陳列棚に置かれた茶碗、湯呑、徳利《とっくり》にはたきをかけながら、主人の喜兵衛《きへえ》は店内を物色する客たちを横目に見ていた。

買うなら買う、冷やかしなら冷やかしで、早く出ていってもらいたい。

そう思いながら、小さくため息を吐いた直後にひとりの客が、

「この仏像、いくらだい」

「百二十文です」

客の顔も見ずに、喜兵衛は答えた。

「百二十文か、百文にまからねえのかい」

客に値切られたが、値段などいいかげんにつけているからかまわない。

「そうですね……なら、切りがいいところで百文ということにしましょうか」

「そうかい」

客は百文で、木彫りの仏像を買った。

喜兵衛は銭を受け取ると、天井からぶらさがっている笊《ざる》の中に入れた。続いて女の客が、陳列棚に並べてある茶碗を物色しながら値段を聞いてきた。

十八か九の娘盛り、濡羽《ぬれば》色《いろ》の髪に紅梅《こうばい》を模《かたど》った花簪《はなかんざし》を挿《さ》している。身に着けるのは、艶《あで》やかな薄桃色地《うすももいろじ》の小袖《こそで》だ。花鳥風月《かちょうふうげつ》を描き、紫《むらさき》の帯を締めている。目鼻立ちが整った瓜実顔《うりざねがお》の美人だが、いかにも勝気《かちき》な気性が溢《あふ》れていた。

はきはきとした物言いからして、しっかり者であろう。

喜兵衛がどれでも十文と答えたところで、陳列棚に茶碗を戻し、ふたたび思案する。身形《みなり》からして、十文の買い物に逡巡《しゅんじゅん》することはない。やはり、しっかり者なのだろう。

いずれにしても、優柔不断《ゆうじゅうふだん》なことだ。

――早く帰ってくれないかな。

そう思って、きつい目を向ける。

ところがこの娘、鈍いのか、やはり勝気なのか、喜兵衛の視線を受け止めながらも出ていく素振《そぶ》りを見せない。それどころか、またもや茶碗を手に取り、もう少しまからないかと聞いてきた。

こうなると喜兵衛も意地だ。

「まかりませんね」

つい、語調がきつくなってしまう。

「駄目か……」

ため息混じりに、娘は茶碗を陳列棚に戻した。

――やれやれ。

喜兵衛が、ふたたびはたきを手にしたところで、娘は踵《きびす》を返して店の奥へと入っていく。

――なんだい。

娘への腹立ちから、強くはたきすぎ、茶碗のひとつが陳列棚から落ちてしまった。それをあわてて拾う。幸い、茶碗は無事だ。といっても、ひとつ十文の安物である。壊れたって欠けたって、どうということはない。

娘は奥の台に置いてある横笛《よこぶえ》を手にした。つくづく閑《ひま》な娘だ。娘は横笛をしげしげと眺《なが》め、それから目をきらきらとさせている。気に入ったようだ。

――もう、いくらでもいいよ。

うんざりした気持ちとなったところで、娘は横笛を持って近づいてきた。値段を尋ねてきたら、言い値で売ってやろう。早く店から出ていってもらいたい。そう身構えていると、

「この火鉢《ひばち》をくれ」

不意に横から、男に声をかけられた。

唐桟柄《とうざんがら》の着物を着流しにして、顔を見ると、頬骨《ほおぼね》が張り、げじげじ眉毛《まゆげ》、顎《あご》には無精髭《ぶしょうひげ》が生えている。目つきもよくない。一見して、やくざ者のようだ。

案の定、着物の袖から覗《のぞ》く二の腕には、罪人であった印《しるし》の刺青《いれずみ》がある。

普通は隠しておくものだが、大っぴらにしているところからして、己《おのれ》の乱暴者ぶりを誇示《こじ》したいのだろう。無言の威圧を加えて、値切ろうという腹なのではないか。

「へ、へい」

いくらでもいいと言いたいのだが、あいにく売り物ではなく、暖をとるための家財だ。

「いくらだい」

男は野太い声で、ふたたび問うてくる。

「そ、それは……」

舌がもつれてしまった。

すると娘が、

「それって、売り物じゃないでしょう。ここの店で、お使いになってるんじゃないの」

助け舟を出してくれた。男はそれでも、

「店に置いてありゃあ、売り物じゃねえのかい」

「で、ですが……」

「売るのか、売らねえのか」

男は凄《すご》んできた。

「は、はい、どうぞ」

反射的に了承してしまった。

「いけないわよ、おじさん。これを売っては困るでしょう。まだまだ寒いわよ。風邪をひいちゃうわよ」

娘は親切だが、お節介な性質《たち》でもあるようだ。

「そ、そうですね」

喜兵衛が曖昧《あいまい》に言葉を濁《にご》すものだから、男は目をつりあげたが、娘の目を気にしたのか、

「なら、いいよ」

と、幸いにも引きさがってくれた。

「どうもすみません」

喜兵衛は、ぺこぺこと頭をさげる。

ところが、男も居座ってしまった。喜兵衛に向かって、

「ここに太鼓《たいこ》が置いてあるだろう。見せてくれ」

「へい」

さて、太鼓はどこに置いてあったか。店内をきょろきょろとした。

「奥の右にありますよ」

娘が教えてくれた。長いこと店内を物色していただけあって、品物の所在を把握《はあく》したようだ。つくづくお節介な客、いや、まだ買っていないから客ではないか、娘である。

喜兵衛は奥に向かう。

「太鼓にご興味がございますか」

「火炎《かえん》太鼓って、値打ちの太鼓があるって聞いたがな」

男は言った。

「火炎太鼓でございますか」

「この前、骨董市《こっとういち》で、そんな評判を小耳にはさんだのだ」

「それはそれは」

喜兵衛は曖昧に言葉を濁しながら、一角に立った。いくつか太鼓がある。

「ええっと……」

喜兵衛は太鼓を見ながら、男の様子をうかがう。

「どれだい、火炎太鼓は」

男は三角に尖《とが》った目を向けてきた。

「そうですな」

太鼓をひとつ、手で引きだした。それは埃《ほこり》を被《かぶ》った古臭《ふるくさ》い代物《しろもの》で、いかにも売れ残りをうかがわせる。

「そうか、これか。なかなか時代がついているじゃねえか」

ここで、またもや娘が横から口をはさんできた。

「それ、火炎太鼓じゃないわ」

喜兵衛は娘に、非難《ひなん》の目を向けた。

「そうかい」

男が娘を見返す。

「火炎太鼓というのは、雅楽《ががく》で用《もち》いる大太鼓でしょう。まわりに飾りがついていて、高さ十間はあるものよ。これはせいぜい一間半といったところじゃないの」

不審《ふしん》げに太鼓を見る男の目が尖ったため、あわてて喜兵衛が、

「そ、そうでした」

と、取り繕《つくろ》って、

「あいにく、うちにはございませんな」

申しわけなさそうに頭を掻《か》く。

「そりゃ残念だが、そうだろうな。そんな掘り出し物が、ふらりと入った道具屋に都合よく置いてあるはずねえや」

男は案外と、あっさり引っこんでくれた。

娘はしばらく店内を物色していたが、

「ごめんなさい、また来ます」

ようやくのことで出ていってくれた。

「ありがとうございます」

ほっとしたように声をかけると、喜兵衛は男の客を振り返った。

「まったく、娘さんはいけませんな。いつまでも、いつまでも、茶碗ひとつ買わないで粘っていらっしゃるんですから」

つい愚痴《ぐち》めいたことを言ってしまった。

男はそれには乗ってこず、

「おれは欲しい物を見つけたら、さっさと帰るつもりだ」

「どうぞ、ごゆっくりご覧になってください」

「じゃあ、そうさせてもらうか。店を閉めてくれ」

「ええ……」

「ゆっくりと見たいんでな、店を閉めてくれねえか」

「はあ、ですが」

「いいから閉めるんだ」

男の口調が一気に激しくなった。いつの間にか、手には匕首《あいくち》が握られている。匕首の先端が、不気味な煌《きら》めきを放っていた。

「は、はい」

喜兵衛は全身が粟立《あわだ》ち、腋《わき》の下《した》がじんわりと湿った。すぐに雨戸で、店を閉める。閉めきったところで、

「金だ。金を出しな」

「あんた……」

喜兵衛の舌は、もつれにもつれた。

「押し込みさ。なに、金と……そうだな、せっかく道具屋に来たんだ。値打ちある代物も、ついでにいただいていくとするか」

男は嬉《うれ》しそうに舌舐《したな》めずりをした。

二

「ご勘弁くださいよ」

喜兵衛は両手を合わせ、拝むようにした。

「うるせえ、さっさとしろ。早く客が出ていってくれねえかなって思っていたんだろう。苛々《いらいら》しながら、娘の相手をしていたくせによ」

男に心のうちを見透かされ、黙りこんでしまった。そんな喜兵衛を、男はいたぶるようにねめつける。

「銭を寄越しな」

「銭なんて言ったって、そんなにあるわけござんせんよ」

「いいから出すんだよ」

「ですからありません」

喜兵衛は言いながらも、天井からぶらさがっている笊を取り、銭を手づかみにしてから、

「こんだけですよ」

一文銭に混じって一朱金《しゆきん》が数枚、一分金が二枚ほど入っている。

「しけてやがるぜ」

男は小鼻を膨らませながらも、銭を勘定しはじめた。

「二両と一分、それに三十二文か」

男の顔がしかめられる。

「銭箱があるんだろう。それを出しな。店の裏手の部屋に置いてあるんじゃねえのかい」

奥に向かおうとした男に、

「待ってください」

喜兵衛は、つい声を大きくした。

「早く持ってこい」

男に指図され、喜兵衛は奥に歩いていった。

店のすぐ裏手に、こざっぱりと片付けられた部屋がある。火鉢や卓袱台《ちやぶだい》が置かれ、塗《ぬ》り壁《かべ》に沿って簞笥《たんす》と戸棚が並べてあった。飯を食べたり、休んだり、夜になれば布団を敷き眠る。いわば、暮らしの場だ。簞笥の二段目の抽斗《ひきだし》を開ける。

着物の下に、銭箱がひそませてあった。

しかたない。命を取られるよりはましだ。女房のお仙《せん》だって、事情を話せばわかってくれるだろう。

——いや。

お仙のことだ。押し込みに金を取られたと知ったら、言葉を尽くして喜兵衛を罵倒《ばとう》するだろう。いまからその様子が瞼《まぶた》に浮かんでくる。

が、命あっての物だねだ。

喜兵衛は銭箱を手に取り、店に引き返した。

「ちゃんとあるじゃねえか」

男の顔が綻《ほころ》ぶ。中には、多少まとまった金がある。

「全部で二十と二両一分二朱か、ま、いいだろう」

男は着物の袂《たもと》から巾着《きんちゃく》を取りだし、一分金、二分金、一朱金、二朱金で二十二両一分二朱を入れると、店の中の物色をはじめた。

「なにか値打ちの品はねえかい」

「ガラクタばかりですよ」

「そんなことあるめえ。なあ、正直に言ったほうが身のためってもんだぜ」

なにか渡さないことには帰りそうにない。

「掘り出し物の茶碗でもねえかい。よく耳にするぜ。道具屋が骨董市で思いもかけねえ掘り出し物を仕入れ、それをお大名や大店《おおだな》の旦那《だんな》が、法外な値で買い取るってな」

そんな都合のいい代物などありはしないと思ったが、骨董市と聞いてお仙が買ってきた茶碗を思いだした。さっきのお節介な娘が見ていた安物の瀬戸物だが、どうせ値打ちなんかわかるはずないだろう。

「そうですな。これなんぞ」

娘が手に取っていた焦《こ》げ茶色《ちゃいろ》の茶碗を差しだした。お仙は自分を目利きだと思っている。だから、さまざまな品を骨董市やら商家の蔵から仕入れてきていた。

しかし、どれもガラクタばかりで、掘り出し物などあった試しはない。どうせ、この茶碗もたいした値打ち品ではないだろう。やったってかまやしない。

「たいした茶碗には見えねえが、なにか由緒《ゆいしょ》でもあるのかい」

男は手のひらに乗せ、しげしげと眺めた。

「ええ、まあ、それなりに」

「なんだ、頼りねえことだな。おめえ、火炎太鼓のこともろくに知らなかったじやねえか」

「……うちには、これくらいしか掘り出し物と呼べる代物はございません」

「怪しいもんだな」

男が言ったところで雨戸が、がんがんと叩かれた。


喜兵衛が迷惑がっていた娘、じつは丸太屋のお珠であった。

日本橋本石町の、時の鐘《かね》の前を通るたびに気になっていた。掘り出し屋という店名に惹《ひ》かれたのだ。場末の道具屋というたたずまいだが、そういう店にこそお宝がひそんでいる、と骨董好きの者がよく言っている。

目利きの力などない、と自覚はしていた。まがい物を高値でつかまされはしないかとの危惧《きぐ》から遠慮していたのだが、思いきって入ってみた。

つくづく商売不熱心な主人だった。もっとも、道具屋で商売熱心なお店というのはあまりない。

それにしても、あそこの主人はひどすぎる。まるでやる気がないどころか、少しでも早く帰れという気持ちが、露骨なまでに態度に出ていた。

最後に来た客、目つきのよくない、いかにもやくざ者といった風だった。そのうえ、なにやら怪しげだった。お珠を邪魔者扱いしていた。

――ひょっとして。

どきりとした。

大の読売好き、野次馬根性の塊《かたまり》のようなお珠である。そしてなにより、お珠は公儀御庭番であった。

あの男、押し込みでも働くのではないだろうか。お珠の野次馬根性……いや、御庭番としての正義感と嗅覚《きゅうかく》が働いた。

主人とふたりきりになったところで、金を脅《おど》し取る。そして、それだけでは済まず命までも……。

「いけない」

お珠は踵を返すと、道具屋へと向かって走っていった。


「あら」

道具屋に着くと、雨戸が閉まっている。

まだ、昼八つ半（午後三時）をまわったところだ。店仕舞いにはいかにも早すぎる。中でなにか、よからぬことが起きているのではないか。

「すみません」

お珠は雨戸を叩いた。

三

「ど、どうしましょう」

喜兵衛は男に聞く。

「なにか話をしろ」

「どう話せばいいんですよ」

「自分で考えろ、この間抜け野郎」

男に額を小突かれてしまった。

戸口に向かおうとすると、背中に匕首を突きつけられた。屈辱感《くつじょくかん》、そしてそれに勝《まさ》る恐怖心に支配されながら、

「なんでございましょう」

喜兵衛は雨戸越しに声を放った。咽喉《のど》がからからで舌がもつれてしまったため、相手に伝わったかどうか。案の定、雨戸は叩かれ続けている。匕首がさらに押し

つけられた。喜兵衛は声を励ました。

「なにかご用ですか」

今度は、はっきりと言葉になった。

「まだ見たりないので、もう一度見せていただきたいんです」

「え、ええ……」

さきほどの娘だ。

性懲《しょうこ》りもなく、またやってくるとは。

喜兵衛の怒りは娘に向いた。背中の匕首が二度、三度と突っついてくる。無言で追い払えと言っているようだ。

「もう、店仕舞いしたんですよ」

「少しでいいんです」

娘は諦《あきら》めない。

「すみませんね、今日はもうお引き取りください。また明日ということで」

「どうしてもう店仕舞いなんですか。まだ昼八つ半ですよ」

よけいなお世話だ、という言葉を呑《の》みこむ。不思議なもので、押し込みに入った男よりも娘が憎くなってきた。

「身体の具合が悪いんです。今日は早く休みたいんですよ」

期せずして懇願調《こんがんちょう》になった。

「そうですか。それはどうも失礼しました。お大事になさってください」

娘はどうにか納得してくれたようだ。ひと仕事終えたような気分となった。汗ぐっしょりとなりながら、男を振り返る。男もほっとしたように、

「まったく、うるせえ娘だったな。まあ、いいや、なら、これで失礼するぜ。命までは取らねえ。言っとくが、おれのこと番屋に届けるんじゃねえぜ。わかってるな」

男は釘《くぎ》を刺すと、茶碗を懐《ふところ》に入れ裏口から出ていった。

緊張が解け、へなへなと膝《ひざ》から崩れ落ちてしまった。やれやれだ。金を取られたのは惜《お》しいが、命あっての物だねである。

息を整えたところで、

「ただいま」

奥から女の声がした。女房のお仙である。さて、金を取られたことをどうやって説明しようかと思案する間もなく、お仙は店にやってきた。

風呂敷包みを背負ったままだ。今日もどこかの骨董市へ行き、本人は掘り出し

物と思っているガラクタを仕入れてきたに違いない。

「どうしたんだい。もう閉めてしまってさ。まだ日があるだろう。夕暮れからなんだよ、お客が入ってくるのは……まったく、おまいさんて人は、ほんとに怠《なま》け者なんだから」

帰るなり、お仙の小言がはじまった。

「ああ、ちょっと具合がな」

喜兵衛は力なく返す。

「ろくに働きもしないで、よく具合が悪くなるもんだね」

お仙は憎まれ口を叩いた。反論する気も、腹も立たない。それくらいに冷えきった夫婦関係である。

「また掘り出し物がありそうだよ」

お仙は、背負った風呂敷包みに目をやり、そのまま奥の六畳間へと入る。喜兵衛も続くと、部屋の抽斗がわずかに開いていた。

「あら……」

お仙は目ざとくそれを見つけて、どうしたのかと確かめる。喜兵衛は、卓袱台の上にある急須《きゅうす》から茶碗に茶を注《つ》ぎ、様子をうかがった。

お仙が、

「ちょいと、銭箱どうしたんだい」

「ええ、ああ、それがな、どうしたんだろうな……」

銭箱は店に置いたままである。

「ずっと店番をしていたから、その間に盗人《ぬすっと》に入られたのかもな」

とりあえず、とぼけた。

「呑気《のんき》に座っている場合じゃないだろう」

店の品物も盗まれたんじゃないかと言って、お仙は店内を探しはじめた。

「おれが店番をしていたんじゃないか。店から物は盗まれていないよ」

「そんなことわかるもんかね。おまいさんのような、ぼおっとした人が店番してたんだからね、なにが盗まれたって不思議じゃないさ」

お仙が店内をまわりはじめた途端に、銭箱を見つけた。

「ここに転がってるじゃないの」

言いながら、銭箱を開ける、すぐに喚《わめ》き声があがった。

「残らず取られているじゃないか」

非難まじりの甲走《かんばし》った声が、喜兵衛の脳天を突き抜ける。

「ちょいと、あんた」

お仙が憤怒《ふんぬ》の形相《ぎょうそう》で戻ってきた。喜兵衛は口をきくのが面倒になった。文句を言いたいだけ言わせて、嵐が過ぎ去るのを待てばいい。そう思って、口を貝のように閉ざした。

「ちょいと、聞いてるの」

「ああ……」

生返事をしたところで、

「あら、茶碗もない……利休《りきゅう》の茶碗がないじゃない」

「ええ……」

「この前、骨董市で仕入れてきた茶碗だよ」

「ああ、あれ、売れたよ」

盗人が持ち去ったとは言えない。適当に誤魔化《ごまか》すしかない。

「いくらで売れたんだい」

「ええっと……一両だったかな」

「そのお金、どうしたんだい」

「だから、銭箱に入れたんで、盗まれちまったんだよ」

口から出任せを言った。

「本当かね」

お仙は疑わしげな目を向けてくる。

「本当だよ」

つい、むきになってしまう。お仙は冷笑を浮かべて、

「あの茶碗はね、掘り出し物なんだ。正真正銘《しょうしんしょうめい》、千利休《せんの》が目利きをした、本物の楽焼《らくやき》茶碗でね。すごい名物なんだよ。よくも一両ぽっちで売ってくれたね」

「まさか」

信じられない。いつも掘り出し物だと言われては、とんだガセネタをつかまされるのだ。お仙の奴、きっと見栄を張ってそんなことを言っているに違いない。

「信じないのかい」

今日のお仙は、やけに挑発的だ。

「そんなことはないが……もし、それが本当だったら、いくらの値打ちがあるんだ」

「百両さ」

お仙は誇《ほこ》らしげに答えた。

「百両……」

喜兵衛は鼻で笑った。また、とんだ大法螺《おおぼら》を吹くものだ。そうやっておれのしくじりを責めたてるつもりなのだろう。つくづく、嫌な女である。

だがお仙は、喜兵衛を舐めきった様子で言った。

「嘘《うそ》だと思ってるだろう」

「嘘だとは思わないが、信じられないよ」

「なんだい、その言い方。結局、あたしが嘘ついてるってことじゃないのさ。どうせ、あんたなんかに骨董なんかわかりっこないんだから。でもね、わかる人が見たらわかるんだ。宝珠屋《ほうじゅや》の旦那のところに持っていったんだよ。百両ってのはね、宝珠屋の旦那が値付けなさったのさ」

喜兵衛の背中が、ぞわりとした。すぐに後悔の念が湧《わ》きあがってくる。

なんということをしてしまったんだろう。あの盗人にやってしまった。

その前は、あの娘に聞かれて十文と答えた。

他の瀬戸物と変わらない、十把一絡げの扱いをしていたのだ。

それはそうだ。お仙自身が、茶碗が並べてある一角に置いたのだから。そんな値打ち品なら、どうして言っておいてくれなかったのだろう。

「まったく、どうしてくれるのさ」

　お仙の目が三角になった。

「百両に加えて、ここの二十二両と一分二朱、それに笊にあった二両二分と三十文、あわせて百二十両以上の損だ。おまいさんといったら、役立たずのうえに貧乏神だね」

　般若《はんにゃ》の形相で、お仙は責めたててきた。耳を塞《ふさ》ぎたくなったが、お仙は容赦がない。

　ひとまず、茶をもう一杯、注ごうとした。お仙はそんな喜兵衛の態度を見て、自分の話を聞いていないと思ったのだろう。

　まさしく、お仙の怒りは頂点に達し、金切《かなき》り声を発した。

「この役立たずの穀潰《ごくつぶ》し！」

　この瞬間、喜兵衛のなかで、なにかが弾けた。堪忍袋《かんにんぶくろ》の緒《お》が切れた、というような生易《なまやさ》しいものではない。

　――この女、殺してやる。

　生まれて初めての怒り、それも、火山が噴火《ふんか》したような怒りの噴火である。

　手にした茶碗を、お仙目がけて振りおろした。茶が飛び散り、喜兵衛の顔にかかった。幸い、冷めていたから火傷《やけど》を負うことはない。

ところが、

「あっ」

お仙は短く叫んでから、信じられないような目をして、そのまま どうと仰向《あおむ》けに倒れた。白目がむかれている。

喜兵衛の高ぶった気持ちが、急速に静まってゆく。畳に、黒々とした茶碗の破片《はへん》が散乱している。それどころか、お仙の血が畳を真っ赤に染めていった。

「おい」

おそるおそる喜兵衛は、お仙を揺さぶった。

「おい、お仙」

さらに強く揺さぶった。しかし、お仙は身動《みじろ》ぎもしなかった。脈を取る。脈はない。

「なんてこった」

喜兵衛は、恐怖と驚きで動けなくなってしまった。

四

雨戸が開かないことからしかたなく道具屋をあとにしたものの、お珠はどうにも気になってしかたがない。

自分が去るときに残っていた、目つきのよくない男。あれから、どうしたのだろう。店から出ていったのだろうが、見かけはしなかった。

ひょっとして、店の主人はあの男に脅されて店仕舞いをしたのではないか。お珠の脳裏《のうり》に妄想《もうそう》、いや、推理が湧きあがる。男に匕首を突きつけられ、しかたなくお珠を追い返す主人の姿だ。

「きっとそうよ」

思わず声に出してしまったところで、往来を行き交う人々の目が気にかかった。怪訝《けげん》な顔をしている者もいるが、かかわりを避けるように素知らぬ顔をして通りすぎる者もいる。そのなかにあって、

「お珠ちゃん」

と、声がかかった。人混みを掻き分け、星野藤馬が歩いてくる。

「あら、とんまさん、じゃなかった藤馬さん」

お珠は気さくに声をかける。

とんまと呼ばれ、藤馬はむっとしたが、お珠はかまわず続けた。

「ちょっとって、一緒に来てくれない」

「ちょっとって、どこへ」

不機嫌なまま、藤馬は問い返した。

「気になることがあるのよ」

お珠は道具屋での出来事を、かいつまんで話した。藤馬も野次馬根性が強い。たちまちにして、目が好奇に彩られた。

「そいつは臭いな」

藤馬もお珠に同調した。

お珠は藤馬と一緒に、道具屋へと向かった。

道具屋は相変わらず雨戸が閉じられている。お珠は藤馬を見てから、雨戸に向き直って叩く。

「ごめんください」

そして耳を澄ませる。

返事はない。

「すみません、開けてください」

もう一度、雨戸を叩きながら声をかけたが、それでも返事はない。さらに戸を叩こうとしたところで藤馬が、自分がやると断りを入れてから、

「御用の筋だ！」

大きな声を出した。

もちろん十手《じって》など持っていないので、口からの出任せである。


喜兵衛は茫然《ぼうぜん》と立ち尽くした。

女房を殺してしまった。まさか、殺すなんて、そんなつもりはなかった。ちょいと黙らせようと思っただけだ。それがこんなことに……。

どう言いわけしたって取り繕ったって、お仙は生き返らない。

これからどうする。

店の金は奪われた。そのうえ、掘り出し物の茶碗もなくなったとあって、前途は暗い。自分ひとりで店を切り盛りするなんてことは、できっこない。

お仙に責められたように、店番すらも満足にできないのだ。

どこかの骨董市や大店の土蔵に仕舞われている品々を目利きして、掘り出し物を発掘する。そして、高く転売する。

そうした道具屋ならではの商《あきな》いなんぞ、自分には無理だ。自分にそんな目利きができたのなら、お仙に馬鹿にされることもなかったのだから。

自首しよう。

……女房を殺しました。

打ち首になるか、運がよくて遠島《えんとう》だ。島暮らしなんかしたくない。ならば、いっそ、お上の手で死罪になるほうがいい。

と、

「ごめんください」

またあの娘だ。

無視しよう。

すると今度は、

「御用の筋だ！」

野太い男の声がした。

――御用の筋。

背筋がびくんとなった。

あの娘、十手持ちでも連れてきたということか。よけいなことをしやがって。

つくづく、おれはついていない。

いや、待てよ。

そうだ、ここは……。


藤馬がもう一度、勢いをつけて叩こうとしたところで、

「はい、お待ちください」

中から声がかかった。

ほどなくして、軋《きし》んだ音とともに雨戸が開き、店の主人が顔を覗かせた。お珠は店主と視線を交わしながら、

「すいません、何度も。どうしても気になることがありましてね」

「…………」

店の主人の顔は蒼《あお》ざめている。身体の具合がよくないのは、本当なのかもしれない。

「た、大変なことになりました」

お珠と藤馬を見て、店の主人は唇を震わせた。

「どうしたのだ」

藤馬が声をかけると、店主は土間にへなへなとなって尻餅《しりもち》をついてしまった。

それから、

「かかあが……」

店の奥を指差す。

お珠が奥に視線を向ける。

藤馬が問いただしたが、お珠は店主に話を聞くよりも自分の目で確かめようと、店の中に入った。藤馬も続く。お珠を先頭に、奥の六畳間へ至った。

「女房がどうした」

「これは……」

藤馬は絶句した。

一瞬、お珠は顔をそむけたが、すぐに女の亡骸《なきがら》に視線を落とした。

頭から血を流し、両目は大きく見開かれていた。女の無念を、無言のうちに物語っている。

「かかあのお仙です」

店の主人が、ふたりの背後に立った。

お珠と藤馬は両手を合わせ、しばし黙禱《もくとう》を捧《ささ》げた。

「どうしたのだ」

藤馬が問いかけたのと同時に、

「ひょっとして、さっきの男の仕業《しわざ》ですか」

お珠が確かめた。

店の主人は小さくうなずき、

「あの……お侍さま、御用の筋とおっしゃいましたが」

と、おずおずと藤馬に問いかけた。

羽織《はおり》、袴《はかま》、腰に大小を差した侍姿だが、八丁堀同心特有の小銀杏《こいちょう》に結った髷《まげ》、黒紋付《くろもんつき》の端《はし》を折り帯にはさむ、いわゆる巻き羽織ではない。いったい、なんの御用を承《うけたまわ》っているのかと訝《いぶか》しんでいる。

藤馬は勿体《もったい》をつけたように、こほんと空咳《からぜき》をしてから、

「じつはな、南の御奉行、大岡越前守さまの相談に与《あずか》るお方の手の者だ」

まわりくどい紹介をし、星野藤馬と名乗った。

「大岡さまの……それは、町奉行所のお役目を……」

いまひとつ、よくわからないようだったが、南町奉行大岡越前守の名が出ただけで、ひとまず納得したのだろう。店主も喜兵衛と名乗り、上目遣《うわめづか》いになって今度はお珠に向いた。

「娘さんは……」

「わたしは珠。藤馬さんの知りあいなんです」

お珠の堂々とした物言いに、喜兵衛は、

「そうですか」

と、ぺこりと頭をさげた。

「早々に店仕舞いをしたのは、さっきの男に言われたからね」

お珠が聞く。

「そうなんです」

喜兵衛は、またも頭をさげてから、

「あいつは店の金を奪うだけじゃなくって、かかあの命までも……」

激しく顔を歪《ゆが》ませた。

「さっき、わたしが店にいたときは、おかみさんいなかったようだけど」

「お珠さんが出ていかれてから、あの男の態度が豹変《ひょうへん》したんですよ。それで、金を出せだの、掘り出し物の骨董があるだろうだの……そうこう押し問答をしているうちに、かかあが戻ってきまして」

喜兵衛が言うには、裏口からお仙が入ってきた。

「あたしと男が押し問答をしているのを見て、不審がりました。すると今度は男が、かかあを脅しにかかったんです」

男は匕首をお仙につきつけた。

「それで、金を寄こせって……」

お仙は成《な》す術《すべ》もなく銭箱を抽斗から取りだし、男が奪い取った。

「取られたのはいくらくらいなの」

お珠が尋ねる。

「だいたい二十両と二分ですね。それと、店の笊の金が二両と五十文あまりでしようか」

喜兵衛は答えてからおもむろに、

「それから、楽焼の茶碗をひとつ」

と、付け加えた。

お珠は、お仙の亡骸に身をかがめた。藤馬もお仙の亡骸をあらためる。お仙のそばには、茶碗の欠片《かけら》が散らばっていた。

「女房は、これで殴られたのだな」

藤馬は、茶碗の欠片をひとつ拾いあげた。血痕《けっこん》が付着《ふちゃく》している。

「そ、そうです」

喜兵衛は言った。

お珠と藤馬は、しばし検分をしてからふたたび両手を合わせた。

「気の毒にな。きっと下手人は捕まえるぞ」

自信満々に藤馬は約束した。

「どうかお願いします」

喜兵衛が深々と頭《こうべ》を垂れる。

次いで、

「あの……男が奪った茶碗なんですがね。すごい値打ちがあるんですよ」

「そんな値打ちの茶碗、置いてあったかしら」

お珠は疑問を呈した。店の中を見まわしたが、そんな物があったのか。もっとも、値打ち品と言われても目利きする自信はない。

「ええ、あったんです。お珠さんも手に取られたはずですよ」

「えっ……ああ、あの」

そう言われてお珠も思いだした。とても値打ち物には思えなかった。

「かかあが骨董市で仕入れてきた、まさしく掘り出し物でございます。あれを奪われたというのは……」

喜兵衛は堰《せき》を切ったように泣きはじめた。まるで、茶碗を奪われたことが女房を奪われたことと等しいように感じられた。

果たして喜兵衛は、ひとしきり泣き終ると、

「なんだか、かかあのように思えてきたんですよ。なにしろ、かかあは、骨董となると目の色を変えましたからね。いつもガラクタばかりつかまされていたんですが、あの茶碗ばかりは本物だって……よりによって、そんな茶碗を奪われてしまって」

喜兵衛は力をこめて話した。

「そりゃ、残念なことだな」

藤馬までもが、しんみりとなった。

「値打ちがあるって言うけど、どれくらいなのかしら」

お珠が問いを重ねる。

「百両……」

「なんだって」

藤馬は思わず声をあげた。

「そうなんです、百両の値打ちがあるって……なんせ、千利休目利きの名物だそうです」

「千利休……本物なの」

「ええ、お仙が言っていたんですが、日本橋の呉服屋宝珠屋の旦那さんが、百両で買ってくれるっておっしゃったそうですよ」

「へえ、そいつはたいしたもんだ」

藤馬が何度も首を縦に振った。

「ですから、その男、どうにかして捕まえてほしいんです。ぜひとも茶碗を奪い返してください」

喜兵衛は嘆願《たんがん》口調になった。

「わかった。下手人を捕まえて、茶碗も取り返してやる」

藤馬らしい安請合《やすうけあ》いをよそに、お珠が疑問を投げる。

「でも、どうして、その男はおかみさんまで殺したのかしら」

「そらきっと、おかみさんが抗《あらが》ったからでしょう」

喜兵衛ではなく、藤馬が答えた。お珠は喜兵衛に視線を向ける。

「そうです。金を奪われたうえに、茶碗まで持っていかれたんです」

「男のおこないを確かめたいんだけど、男はまず店で物色していたわよね。それから、楽焼の茶碗に目をつけた。そこへおかみさんが帰ってきて、奥の座敷で箪笥の抽斗から銭箱を見つけて金を奪った。それからおかみさんを殺した、ということかしら」

お珠の問いかけに、喜兵衛はそのとおりだと返事をした。するとお珠は、しばらく思案を続けた。それから首をひねった。

「なにかおかしいですか」

喜兵衛の問いかけに、

「男はどうして、銭箱を店の中に持っていったのかしら」

「ええ……」

喜兵衛が口を半開きにした。すると、藤馬が、

「ああ、そうだ。銭箱から金を奪ったんだから、そのまま六畳の部屋に置いてお

けばよかったじゃないか」

　お珠は喜兵衛の言葉を思案しながら、もう一度、店に足を向けた。藤馬も続く。

銭箱は店の中ほどにあった。ちょうど茶碗が並べてあるあたりである。

「妙だわ。なんで、そんなおこないをしたのかしら」

　お珠は小首を傾《かし》げた。

「理由なんかないのだよ」

　またも事もなげに、藤馬は決めつけた。

　ところが、喜兵衛は気になりだしたようだ。

「どうしたもんでしょうね。あたしはなにしろ、女房を殺されたばかりのことですから、そんなことにまで頭がまわらなかったんですがね。そう言われてみれば変ですね」

「たいした理由なんてないさ」

　藤馬だけは深追いしない。

「とくに意図しなかったのかもしれないわね」

　いったんは、お珠も引っこんだ。

「下手人を捕まえれば、はっきりするさ」

能天気に藤馬は言った。

「わたしは男の顔を見てるから、すぐに人相書きを作るわ」

お珠の言葉に、藤馬も勇《いさ》みたった。

「それは心強いな。お珠ちゃん、下手人を見ているのだものな」

そのまま、ふたりは裏口から出ていった。

五

喜兵衛はへなへなと座りこんだ。

「ばれていないだろうか」

そんなつぶやきを、お仙の亡骸に向かって発してしまった。お仙を殺したのは自分なのに、なんということを聞いているのだ。

いまのところ、気づかれてはいないだろう。なにせ、お珠という女自身、あの男のことを見ていた。

あの男に疑いを抱いたからこそ、店に引き返してきたのだ。

お珠のまったく親切心からだったのだ。それを自分は、鬱陶《うっとう》しいものと思ってしまった。悪いことをした。おまけに、大岡越前守の知りあいという侍までやってきて、ふたりとも下手人捕縛《ほばく》に張りきっている。

「あぁっ」

喜兵衛は小さく悲鳴を漏《も》らした。もし、あの男が捕まったなら。きっと、お仙殺しの下手人ではないということが語られる。そうなれば、どうなる。男の嘘と思われるか、もしくは喜兵衛に疑いの目が向けられるのではないか。

「どうしよう」

また、お仙に聞いてしまう。

夫婦仲は冷えていたが、いまになってお仙に頼りきって生きてきたことが、ひしひしとわかる。鬱陶しいだけの女だったが、お仙はしっかりとしていた。そんなお仙に、自分は頼りっきりになっていた。お仙がいなくなり、そのことが痛感される。

「お仙……」

喜兵衛の目から涙が溢れてきた。いつの間にか、嗚咽《おえつ》を漏らし、しくしくと泣きはじめた。泣きだすと、涙を止めることができない。

お仙の亡骸に取りすがり、子供のように泣きじゃくるその姿は、はたから見れば路傍に打ち捨てられた孤児だろう。

「お仙、なにか言っておくれ」

亡骸を揺さぶる。もちろん、お仙が返事をしてくれるはずはない。

後悔の念が、胸を激しく揺さぶる。

そうだ。お仙が仕入れてきた名物。あの茶碗。あれは絶対に取り返してやる。

あの男から奪い返す。もちろん、あの男が捕まれば自分も破滅だ。しかし、それでも、あの男から茶碗を取り戻したい。

あの男が捕まることは、自分の罪が暴かれることだ。それでもかまわない。

お仙が生涯で初めて、そしてただ一度、手に入れることができた掘り出し物を、ふたたびこの手にしたい。

喜兵衛は強く決意した。


お珠と藤馬は、近くの自身番へと向かった。

「下手人をあげてやらないことには、殺されたお仙も成仏できぬな」

道すがら、しみじみと藤馬は言った。

「まったくね……」

同意しつつも、お珠はなにか心に引っかかってしまう。

「どうしたのだ」

「どうも茶碗が気になるの」

「千利休目利きの名物って茶碗か」

「そう。あたし、実際に見たし手に取ってもみたんだけど、そんな名物だとは思わなかったし、喜兵衛さんもそんなことは、ひとことも言っていなかったのよ。夜店で売っているような瀬戸物茶碗と一緒に、並べてあったんだから」

「それは……無造作に並べられた品のなかにあっても、目利きならば見分けることもできよう。見分けることができる目利きにだけ、喜兵衛は売ろうとしたのではないか。骨董の世界は奥深いからな」

訳知り顔で、藤馬は述べたてた。

「そんなふうには見えなかったけどなあ……」

お珠には、喜兵衛が目利き相手に商売ができる男には、どうしても思えなかった。偏見《へんけん》かもしれないが、商売気がなく、客がいることを喜ばないどころか煩《わずら》わしくさえ思っていたのだ。

「ガラクタのなかに、さりげなく名物を置いておくっていうのが、道具屋というものだよ、お珠ちゃん」

藤馬は繰り返した。

「そう言われれば、そうだけどね」

お珠は口ごもりながら、自身番に着いた。藤馬が町役人に、道具屋での殺しを告げる。

町役人たちは驚きながらも、奉行所へ届けるべく身支度を整えた。

その間、お珠は紙と筆を借りて、道具屋で遭遇《そうぐう》した男の人相書きを描いた。お珠は絵が上手いし、記憶力がよい。御庭番だけあって、人の名前と顔を覚えるのは得意だ。

このときも、男の容貌《ようぼう》、頬骨が張りげじげじ眉毛、顎にうっすらと生えた無精髭など、特徴をちゃんとおさえた的確《てきかく》なものだった。これを町役人に持たせる。

それから、藤馬は早くも、

「よし、わたしもこの人相書きで聞きこみをしよう」

「なら、わたしも」

お珠も聞きこみをしようと思ったが、

「お珠ちゃんはこれ以上、首を突っこまないほうがいい。わたしや町奉行所に任せろ」

「いいじゃないの」

藤馬は止めたが、聞く耳を持つお珠ではない。

楽焼の茶碗……お珠はどうしても引っかかった。

お仙が仕入れた掘り出し物であるという。それを、店のガラクタと一緒に並べていた。お珠がそのガラクタを求めたときの喜兵衛の反応は、あきらかに浮かないものであり、とてものこと名物を手に取った客に対するものではなかった。

百両もの金を持っているはずはない、と見当をつけての対応だったのかもしれないが、それならそれで、百両もの茶碗を客が手にしたら、はらはらとするものではないか。

お珠が茶碗を手に取り、うっかり落としてしまったら……一瞬にして、百両が砕け散るのである。

「変ね」

お珠はつぶやいた。

あまりにもぞんざいな、喜兵衛の扱い。

なんでも、日本橋本町《ほんちょう》の呉服問屋・宝珠屋の主人が、百両で買ってくれるということだった。

　よし、行ってみよう。


　それより少し前、喜兵衛は宝珠屋を訪ねてみることにした。あの茶碗に、宝珠屋の主が本当に百両もの値つけをしたのか気にかかったのだ。

　店先に立ち、小僧《こぞう》に訪《おとな》いを入れる。掘り出し屋の喜兵衛が、楽焼茶碗のことでお話があると取り次いでもらった。

　すぐに、裏手にある母屋の座敷に通され、主人の善次郎《ぜんじろう》が応対してくれた。

「今日はご主人が、わざわざ来てくれたのかい。そら、熱心なことだ」

　善次郎は、きわめて上機嫌である。なるほど、骨董道楽を思わせる男だ。喜兵衛に会っただけで、掘り出し物があるのではないかと手ぐすねを引いている。

「じつは、お仙は死んだんです」

「…………」

　善次郎は言葉を呑みこんだ。それはそうだろう。お仙は至って健康で丈夫。突然死んだと聞かされても、降って湧いたような出来事であるに違いない。

「盗人に殺されました」

喜兵衛はうなだれた。

「そ、それは大変だったねえ……」

善次郎は声を震わせた。喜兵衛は、すでに町方の役人が下手人捕縛に動いていることを語った。

「そうかい、それは気の毒にね……あまりのことで、なんと言っていいのかわからない。ともかく、ご冥福《めいふく》を祈りますよ。急なことでなにもできないけど」

善次郎は紙入れを取りだし、二分金を何枚か紙に包んだ。

「まずは、こんなことしかできないけど、後日、ちゃんとさせてもらおう」

善次郎の好意を受け取り、喜兵衛は頭をさげる。

「おかみさんには、骨董のことでは本当に世話になったよ」

「……なんでもお仙の奴が、千利休縁の楽焼茶碗を仕入れたとかですけど」

おずおずと切りだしてみた。

「それ、それなんだよ」

善次郎の声の調子が変わった。これはやはり本物のようだ。喜兵衛の胸は、期待ではちきれんばかりとなった。

「こう言ってはなんだが、初めてだよ、お仙さんがあんな掘り出し物を持ってきてくれたのは。まあ、死んだ人のことを悪く言うつもりはないけど、これまでいろんな骨董品を持ってきたが、はっきり言ってガラクタばかりでね。それでも、喜兵衛さんには釈迦《しゃか》に説法だけど、骨董というのはガラクタの中にこそ、掘り出し物があるもんだ。付き合いを断ってしまうわけにはいかないよ」

善次郎は、お仙のガラクタを付き合いで買い取っていたという。

「まあ、たいした買値じゃないけど。でもね、あの茶碗は値打があったね」

「百両とか」

上目遣いに尋ねる。

「百両でも安いくらいだよ」

あの茶碗が千利休の目利きだと言い、なんでも太閤秀吉《たいこうひでよし》が主催した北野《きたの》茶会で披露されたものだと由来《ゆらい》を語った。喜兵衛にはよくわからなかったし、どうでもいいことだったが、ふんふんと熱心に聞いていた。

「そうでしたか」

「だから、まあ、こんなこと言っては気を悪くするんじゃないかと心配なんだがね、ひとつ、香典《こうでん》代わりにあれだ。百五十両、出そうじゃないか」

「百五十両……」

思わず生唾《なまつば》を呑みこんでしまった。

これは、なんとしても、あの男から取り戻さねば。

「お仙もそれを聞けば、きっと喜ぶでしょう」

「そうだね。いや、本当に気の毒なことをした。初七日《しょなのか》が過ぎたら、線香《せんこう》をあげさせてもらい、そのときにでも代物は引き取らせてもらうよ」

善次郎はそれから何度も、悔《く》やみの言葉を繰り返した。

「では、旦那さま、これで失礼します」

「よく報《しら》せてくれたね。気落ちするなとは言えないけど、お仙さんの分まで商いに励んでおくれ。なにか買ってほしい骨董があったら、遠慮しないでいつでも持ってきておくれな」

やはり善次郎は、骨董道楽と言っていいくらいの数寄者《すきしゃ》であった。

「よし」

気合がみなぎった。生まれてから感じたこともない、気合の入りようだ。

「お仙、おまえ、いいことしてくれたな。おまえが道具屋稼業で初めて得た掘り出し物、きっと取り戻すぜ。おまえ、おれにお宝を残してくれたんだよ」

喜兵衛は手前勝手な理屈を並べながら、男の行方を追うべく歩きだした。

四半刻後《しはんとき》、お珠も宝珠屋へとやってきた。

宝珠屋は、日本橋本町の表通りに店をかまえる老舗《しにせ》の呉服屋であった。小売もしており、半襟《はんえり》なども置いてある。春らしい華やかな柄《がら》の半襟など、つい目をとめてしまう。そんなお珠に、手代《てだい》が慣れた様子で接客してくる。

「よろしかったら、お手に取ってご覧ください」

手代はにこやかに言い、遠慮がちなお珠に半襟を取って、どうぞと差しだす。

思わずそれを襟にあててみると、手早く手代が手鏡を前に置き、

「よおくお似合いですが、お客さまには、もう少し華やかなほうが……」

などと嫌味にならない程度の巧みな話術で、別の品物を勧めてきた。

同じ接客でも、喜兵衛とは大違いだ。道具屋と呉服屋という違いというよりは、喜兵衛の商売不熱心さに起因しているとしか思えない。

「やはり、こちらのほうが、お客さまにはお似合いでございますね」

などと、手代が親しげに言う。ついつい乗せられそうになるが、申しわけなさを押し殺して、ここはきっぱりと断りを入れた。手代はそれでも笑顔を崩すことなく、別の半襟を手に取ろうとしたが、

「ご主人に取り次いでもらいたいの。道具屋の掘り出し屋さんのことで」

と、手を止めさせた。

「はあ……」

手代は怪訝な顔をしながらも奥に引っこんだ。主人の善次郎を待つ間、未練げに半襟を眺めてしまう。探索の途中であることを自分に言い聞かせ、善次郎を待った。

やがて、年配の男が奥から出てきた。善次郎は首をひねりながら、お珠と応対した。お珠は素性《すじよう》を告げ、お仙のことで聞きたいことがあると申し出た。

「では、こちらへ」

店にあがると、客用に造られた座敷に通された。丸太屋の娘と聞いて応対は丁重だが、なぜ自分を訪ねてきたのだろうと訝しんでいる様子だ。

「お仙さん、殺されなすったとか」

善次郎が言った。

「よくご存じですね」

お珠が、善次郎の早耳を驚いた。

「さきほど喜兵衛さんがいらっしゃりましてな。お仙さんのことは聞きました」

「そうですか」

自分もたまたま店に行き、そこで居合わせた男が下手人であろうと、お珠は説明した。善次郎は、お仙に対する悔やみの言葉を並べてから、早く下手人が捕まることを願った。

「ところで、喜兵衛さんは、どうしてここにやってきたのですか」

「手前はお仙さんの得意先ですからな、お仙さんが亡くなったことを報せてくれたのです。それと、お仙さんが売ってくれる楽焼茶碗について、尋ねてこられたのですよ」

お珠の胸が騒いだ。

「その茶碗ですけど、本物ですか」

「本物ですよ」

意外なことを聞かれたかのように、善次郎は目をしばたたいた。

「間違いなく千利休縁の名物ですか」

「そうですが……わたしも骨董に関しましては、いささかの目利きができると自負しております。そのわたしの目から見ても、間違いなく名物。長いこと骨董市に通ったお仙さんの努力がとうとう報《むく》われたと、わたしも喜ばしくなりました。

いやあ、最後の大仕事をなさったものです」

「そうですか」

自分にはガラクタとしか見えなかった。ふと、喜兵衛もそうだったのではないかという気がした。

「喜兵衛さん、名物茶碗のことを、どうして尋ねたのですか」

「喜兵衛さんも半信半疑であったようです。無理もない、あそこの店は、ほとんどお仙さんひとりが切り盛りをしていましたからな。お仙さん、ここへ来ては、よく愚痴を言っていましたよ。うちの主人はとにかく働かない。いつもぶらぶらしているばかりだって。ですからね、喜兵衛さんに目利きなんかできるはずありません。もっとも、お仙さんだって、たいしたものではなかったけど、あの人はとにかく人当たりがようございましたからな。ですから、こちらとしましても、つい買ってやりたくなるのが人情というものでして」

やはり、喜兵衛は自分同様に、楽焼茶碗が名物だとはわかっていなかったのだ。だから、ぞんざいに扱っていた。

わかったのは、帰ってきたお仙に、直接聞いてからだろう。それとも、あの男から聞いたのか。そんなはずはない。とてものこと、骨董などとは無縁の男だった。お仙は男に脅されて、名物の茶碗があることを言ったのだろうか。

――いや。

そんなことはあるまい。わざわざ口に出して知らせるはずもない。黙っていれば済む話なのだから。あの男に、名物茶碗などわからなかったはずだ。

雉《きじ》も鳴かずば撃たれまい、というのはこの場合、適当ではないかもしれないが、まさしく、よけいなことを口にしなければ、少ない被害で済んだはずだ。

銭箱にあったという二十二両と、店の笊に入っていたいくらかの銭が奪われるだけだった。

二十二両はたしかに大金であるに違いないが、命には代えられないし、楽焼茶碗には百両の買い手がついていた。

ことのほか、喜兵衛は楽焼茶碗に執着《しゆうちやく》しているようだ。

お仙の形見と言えば聞こえはいいが、百両もの買値がついたことで、いっそうの執着心を抱いているに違いない。

お珠の脳裏に、嫌な予感が生じた。

「お仙さんと喜兵衛さんは、夫婦仲がよかったんでしょうか」

「さて、よくは存じませんが、一度、店に足を運んだとき、喜兵衛さんが二日酔いでろくに店番ができない様子だったのを、お仙さんが激しくなじっていました。喜兵衛さん、言われっぱなしだったけど、なんだか見ていられないほど小さくなってしまって、気の毒になりましたよ」

善次郎の顔は、それがどうしたと訝しんでいる。

お珠は礼を言って腰をあげた。

六

それから三日が過ぎた。

お珠はこの間、お仙殺しの一件が脳裏から過ぎ去ることはなかった。片時も忘れることはできない。

離れ座敷に出向くと、松平通春は風邪で寝込んでいた。

藤馬によると、病《やまい》ゆえか、通春はお仙殺しに関心を示さないそうだ。

ただ、密命将軍としての責任感は失っていないようで、大岡越前守に、お珠が描いた人相書きを届け、下手人探索の依頼はしていた。

大岡が男の行方を追わせた結果、その男が島帰りの権次《ごんじ》とわかった。下手人がすぐに判明したことも、通春が事件への関与に積極的でない理由のようだ。

権次はとにかく手癖《てくせ》が悪く、盗みを繰り返したり、恐喝《きょうかつ》をしたりした。そのあげく賭場《とば》に入《い》り浸《びた》り、金を失くしてはふたたび盗み、押し込みを繰り返すという、とんでもないやくざ者であった。

丸太屋の庭で、藤馬は喜びの表情を浮かべながら、

「権次の居場所がわかったぞ」

と、告げた。

「まあ、よかったわね」

言葉とは裏腹に、お珠は浮かない表情だ。

そんなお珠に斟酌《しんしゃく》せず、藤馬は続けた。

「上野黒門町《くろもんちょう》にある丑五郎《うしごろう》の賭場に出入りしているのだ。今夕に乗りこんでやる。南町も了解済みだ。わたしが捕えて、南町奉行所に突きだしてやる」

藤馬は、腕が鳴ると張りきっている。

ともかく、自分も動いてみたい。お珠は猛然とした思いに駆られた。

一方、喜兵衛はお仙の葬儀《そうぎ》を済ませてから店を閉め、男の行方を追った。あれ

から、大岡越前守の知りあいらしい星野藤馬がやってきて、男が島帰りの権次という男だと教えてくれた。奉行所のお縄になる前に捕えたい。

折よく、藤馬がやってきた。藤馬は喜兵衛に同情的である。お仙の仏前に、権次を捕縛することを誓《ちか》ってくれた。

「絶対に、権次の野郎を捕まえるぞ」

藤馬の物言いは、喜兵衛を励ます意図でもあるのか力強い。

「お願いします」

喜兵衛は言ってから、さりげなく権次の所在を聞いた。

「上野黒門町にある丑五郎の賭場だ」

案外と簡単に、藤馬は明かしてくれた。

「賭場ですか……と、とにかく、あたしも行きます」

「いや、気持ちはわかるが、ここはわたしに任せろ」

「そうなんですけどね」

喜兵衛は、ここでしんみりとなった。

藤馬の表情が歪む。喜兵衛への同情心を募《つの》らせたようだ。

「あたしは、なんとしてもお仙の仇《かたき》を取ってやりたい。星野さま、権次の捕縛にご一緒させてください。あたしは直《じか》に権次と接しているんです。星野さまが目をつけている男が正真正銘、お仙を殺した男なのかどうか、見極めをつける必要があるのではございませんか」

「なるほど、それは一理あるな」

藤馬の気持ちが動いたようだ。

「あたしも行きます。一緒に権次の奴を、お縄にしてやりましょう」

ここぞとばかりに、たたみこんだ。

「うむ、いいだろう」

——よし。

なんとか藤馬の目を盗み、権次という男から茶碗を奪い取ってやる。

喜兵衛は、そう心に誓った。

七

藤馬は喜兵衛と一緒に、丑五郎の賭場までやってきた。権次は毎日昼八つ半に通ってくるそうだ。

向かいにある天水桶《てんすいおけ》の脇で、ふたりは身をひそませた。八つ半となって、権次が姿を現した。

「あっ」

喜兵衛の口から、小さな悲鳴が漏れた。

「あの男か……間違いないな」

藤馬が確かめた。

喜兵衛は大きくうなずき、

「女房を殺した野郎ですよ。よもや見忘れるはずがありません」

「よし、ここで待っておれ」

藤馬は権次に近づいた。丑五郎の賭場の門口で、

「話を聞かせてくれ」

藤馬は低い声で声をかけた。権次は足を止め、鬱陶しそうに爪楊枝《つまようじ》を往来に吐きだした。

「なんでえ」

凄みのある声で問い返された。

「おまえ、島帰りの権次だな」

「だったらなんですよ。おら、侍に知りあいはいないぜ」

「本石町の道具屋、掘り出し屋で、押し込みを働いただろう」

権次の目が泳いだ。

「茶碗を奪い、金を盗み、おまけに女房まで殺した」

「ちょっと待ってくれ。女房殺しなんてしてねえよ」

権次の声が裏返った。

「往生際が悪いぞ」

「金は盗んだよ。ガラクタの茶碗も取った。でもな、女房の命までは取っていねえさ。言いがかりはやめてくれ」

「とぼけるな！」

藤馬は怒鳴りつけた。

「嘘じゃねえ」

権次が言い張ったところで、

「こいつです、こいつが女房を殺したんです」

喜兵衛が訴えた。権次の目がむかれる。

「おめえがお仙を殺したんだ。よくも殺しやがって、許せねえ」

叫びつつ、喜兵衛は権次の襟首をつかんだ。

「おれは殺してねえ」

権次は声を大きくした。

ここが正念場だ、と喜兵衛は思った。

こいつに、お仙殺しをなすりつける。島帰りの男、盗みや押し込みを繰り返す男の証言など、奉行所では信用されないはずだ。

「おまえが殺した」

そう言っているうちに、なんだか本当に権次がお仙を殺したように思えてきた。

「おまえは名物の茶碗まで取りやがって、金も取って、それでも満足せずにお仙の命まで奪いやがったんだ」

喚いているうちに、喜兵衛の目から涙が溢れてきた。

藤馬も頬を火照《ほて》らせている。

「星野さま、こいつのねぐらを確かめてください」

喜兵衛は藤馬に、耳元でささやいた。お仙の形見《かたみ》である茶碗を返してもらいたいから、と言い添える。藤馬は疑う素振りも見せず、権次から所在を聞いた。

神田鍛冶町《かじちょう》、小間物問屋の駿河屋《するがや》が地主の長屋だ。歩いて四半刻ほどか。

「くわしい話は自身番でしろ」

藤馬は権次を引きたてていった。

「よし」

喜兵衛は、権次の住まいへと向かった。


その喜兵衛を、お珠がつけている。権次のおこないが、ますます奇妙に見えてきていた。わざわざ捕縛の場に居合わせ、これからひとりで権次のねぐらに向かうようだ。

一定の距離を保ちながら、お珠は喜兵衛を追った。


権次が住む長屋にやってきた喜兵衛は、家を確かめると腰高障子《こしだかしょうじ》を開け、誰にも見られないようそっと閉めた。がらんとした小上がりに卓袱台があり、そこに茶碗が乗っている。

あとをつけてきたお珠は、喜兵衛に気づかれないよう長屋の路地にひそむ。

お珠は忍びの特技を持っている。おそるべき聴力である。

三十間離れた場所でのやりとりも、神経を張りつめれば聞き分けられる。普段そんなことをすれば、頭の中は雑音だらけとなってしまうが、両のこめかみに指をあてて耳を澄ませ、神経を集中させると、鮮明に聞こえるのだ。

名付けて、「秘技耳澄まし」を、お珠は駆使《くし》した。

日頃、御庭番の技を使うのは慎《つつし》んでおり、今回も使ってこなかったが、殺しという重大事に喜兵衛がかかわっているのではという疑念が生じて、もはや躊躇《ためら》いはなかった。

「これだ、やったぞ」

ややあって、喜兵衛の歓喜《かんき》の声が聞こえた。

お珠は権次の家に向かい、腰高障子を開けるや、

「なにしてるの！」

と、呼びかけた。

喜兵衛が振り返った。お珠だと気づき、安堵《あんど》の表情を浮かべ、

「これは、お仙の形見ですからね。なんとしても、一刻も早く手に入れたかったんですよ」

「そう、でも人の家に無断で入ってはまずいでしょう」

「それはそうですが、あいつはお仙を殺した奴ですよ」

喜兵衛の目が尖った。

「ちょっと見せて」

お珠は喜兵衛の手から、茶碗を受け取った。これが名物とはとても思えない。どう見ても、十把一絡げの瀬戸物だ。

「本物かしら」

「目利きと評判の宝珠屋の旦那がおっしゃるんですから、間違いありませんよ」

「なら、宝珠屋さんに行ってみましょうか」

「望むところです」

喜兵衛が勇んだ。

その足で、ふたりは宝珠屋を訪ねると、

「旦那さま、これをお見せにまいりました」

喜兵衛は誇らしげに、茶碗を差しだした。善次郎は、「どれどれ」と手にしたときこそ満面に笑みをたたえていたが、ふと首をひねり、

「これはなんだい」

と、喜兵衛を見返す。

「千利休縁《ゆかり》の楽焼茶碗ですよ」

「これがかい……」

もう一度しげしげと眺めていた善次郎が、苦笑を漏らした。

「冗談はよしなさい」

「冗談じゃありませんよ」

喜兵衛は必死の形相だ。

「どこで手に入れたんだ」

善次郎も真顔になった。

「旦那さま……百両の値、いや、お仙への香典代わりだと、百五十両の値をつけてくださったじゃございませんか」

「おまえさん、なにか勘違いしているようだね。これはお仙さんが持ってきたものじゃないよ。お仙さんが持ってきたのは、もっと小さくて真っ黒な茶碗だ」

「そんな茶碗、うちの店にはありませんよ」

そう返したとき、喜兵衛の脳裏に、まざまざとその茶碗がよみがえった。

「この役立たずの穀潰し」

蔑《さげす》みの目で怒鳴られた、あのお仙の様子。それが、喜兵衛の堪忍袋の緒をぶち切らせたのだった。

あの茶碗……。

お仙は皮肉屋で、自分を見くだしていた。どうせ、目利きなんかできないと思い、からかい半分で、茶碗を卓袱台に置いていたのだ。陳列棚に置いてあったと言ったのは、自分を苦しめ脅かすつもりだったのだろう。

あの茶碗で、お仙を殴り殺した。

粉々《こなごな》に砕けた茶碗。あれは同時に、お仙の命を、そしてふたりの絆《きずな》を打ち砕いた瞬間であったのだ。

「ああ～なんていうことを」

喜兵衛は狂ったように泣き叫んだ。それを、善次郎が呆然《ぼうぜん》と見おろしている。

お珠は、そっと喜兵衛の背中に手を置いて言った。

「なにもかも話してごらんなさい」

そのひとことに、喜兵衛は力なくうなずいた。

第四話　悪女にもらい泣き

一

弥生《やよい》の一日、桜満開の昼さがりだが、朝から雨がそぼ降っている。丸太屋の庭で薄紅《うすべに》の花を咲かせた桜が、ぼんやりと曇っていた。

花冷えのせいで風邪がぶり返したのか、松平通春は何度もくしゃみをした。

火鉢《ひばち》の横で丸まっていたコメが、心配そうな目で通春を見る。

星野藤馬も通春を案じた。

「通春さま、医者に診《み》てもらったほうが、よろしいのではありませぬか」

「それほどではない」

拒絶したものの、通春は鼻声である。熱はなく、どこといって具合も悪くはないのだが、自分の声がこもっているのが気持ち悪い。

「お言葉ですが、風邪は引きはじめが肝心なのですぞ。実際、先月もお風邪を召されたのに医者にもかからず、薬もお飲みになられませんでしたから、何日も寝込まれる羽目になったのです。風邪は万病《まんびょう》のもと、決して侮《あなど》ってはなりませぬ」

ここぞとばかりに藤馬は、訳知り顔で小言を並べた。いつもは藤馬に反抗的なコメも、賛成しているのか黙っている。

「とんまの話を聞いていると頭が痛くなるぞ」

通春は小言への文句を言ったつもりだが、

「ほら、わたしが言ったそばから、頭が痛くなられたではありませぬか」

得意げに藤馬は言いたてる始末だ。

反論する気力も湧《わ》かず、通春は外を眺《なが》めやった。いつの間にか雨があがり、薄日が差している。雨露を含んだ桜が日輪《にちりん》に輝き、吹く風にも温かみが感じられる。

風邪よりも鬱陶《うっとう》しい藤馬から逃れようと、

「ならば、医者に診てもらうか」

と、腰をあげた。

寝間着を脱ぎ、春らしい装いをしようと、萌黄色《もえぎいろ》の小袖《こそで》に草色の袴《はかま》を穿《は》いた。

腰に大小を差し、外出しようとしたところで、

「そのような薄着ではなりませぬ」

お節介にも、藤馬は羽織《はおり》を用意した。

逆らうと面倒ゆえ、通春は羽織を重ねて離れ座敷を出た。

医者に診てもらうつもりはなかったが、桜を愛《め》でようと神田方面に足を向けているうちに、小峰法庵を思い出した。

正月、小峰の娘、お信が絡んだ一件を探索したときは、診療所を閉鎖《へいさ》していた。あれから、小峰はどうしているのだろう。相変わらず飲んだくれているのだろうか。

大名家の奥医師になったほどの蘭方医《らんぽうい》である。神田界隈《かいわい》では、名医と評判だった。仮に診療所を再開していたとしても、たかだか鼻風邪を診てもらうのは気が引ける。

とは言え、せっかく近くまで来たのだから、と神田明神下の診療所を覗《のぞ》くことにした。

黒板塀《くろいたべい》に見越《みこ》しの松《まつ》、一見して大店《おおだな》の旦那《だんな》衆のお妾《めかけ》さんが住んでいるような一軒家である。黒板塀越しには松ばかりか、立派な一本桜が優美《ゆうび》に咲き誇《ほこ》っていた。

「真面目にやっているな」

小峰の診療所は営《いとな》まれていた。

診療所の門口をくぐると、桜の花弁《はなびら》が舞い落ちてきた。母屋《おもや》の玄関に至るまでに二度、三度、くしゃみが出た。格子戸《こうしど》を開ける前に、懐紙《かいし》で鼻をかんでから中に入った。

玄関は清掃《せいそう》が行き届いている。奥に走る廊下は、ぴかぴかに磨《みが》きたてられていた。三和土《たたき》の沓脱石《くつぬぎいし》に、男物の雪駄《せった》が揃《そろ》えられている。上物の雪駄であった。

母屋の中は静かだ。

患者がいる雰囲気ではない。患者を診る場所は、別にあるのかもしれない。

「御免」

くぐもった声で呼びかけると、

「ただいま」

張りのある声が返され、白い道着姿の若者がやってきた。お信が榛名藩邸に入り、代わりに手伝っているのか、もともと診療所に勤務しているのかはわからない。真面目そうな若者である。おそらくは、小峰の弟子《でし》なのではないか。

「風邪を引いた。小峰先生に診ていただきたいのだが……」

いざ診療所が再開され、弟子らしき若者に会ってみると、風邪くらいで名医の診療を受けるのはあらためて気が引け、通春らしからぬ曖昧《あいまい》な言葉尻となってしまった。

「あ、いや、風邪は風邪なのだが、小峰先生のお顔が見たくなり、前触れもなく訪れた。直参旗本、松田求馬と申す」

取次を頼んでから、顔を見たくなったという訪問理由のほうが非礼だろう、と悔《く》いたが、

「少々、お待ちください」

若者は小峰の都合を確かめるべく、奥に引っこんだ。

この静けさからして、やはり診療所に患者はいないようだ。

診療所は開けているが、患者は来ないということか。休んでいる間に、患者が離れてしまったのかもしれない。

「どうぞ」

そんな想像をめぐらしていると、若者が戻ってきた。

若者に案内されて、通春は廊下を奥に進んだ。素足でよかった。足袋《たび》を履《は》いていたら滑りそうだ。廊下に、通春と若者の姿が映りこんでいる。

廊下の突きあたりにある書斎《しょさい》に通された。若者は閉じられた襖《ふすま》の前で座って、声をかける。

「入りなさい」

小峰の声に間違いはないが、飲んだくれていたときと違って威厳が感じられる。

若者が襖を開け、通春は中に入った。

意外なことに先客がいた。身形《みなり》のいい中年の武士である。どことなく癖《くせ》のある顔つきであった。さては、上物の雪駄の主なのだろう。

「いやあ、よく来てくれましたな。松田殿に会いたかったのです。しかし、迂闊《うかつ》なことに、お名前は聞いたがお住まいを聞きそびれ、お訪ねしようにもできなかった。無沙汰《ぶさた》をお許しあれ」

意外にも、小峰は通春を歓迎してくれた。黒の十徳《じっとく》姿が様になり、名医の風格を漂わせている。

通春は笑顔を返した。

「松田殿、ちょうどよかった。ご存じですかな」

小峰は武士をちらっと見た。

武士に視線を転じると、見知らぬ男である。

「いいえ」

答えてから、上野国《こうずけのくに》榛名藩五万五千石、紀藤家の家臣ではないかと見当をつけた。小峰は、松田求馬が榛名藩邸に出入りする直参旗本だと語ったことを覚えていて、そう問いかけたのだろう。

そもそも、直参旗本・松田求馬は、小峰に近づくための偽称《ぎしょう》であり、榛名藩邸とはなんのつながりもない。当然、紀藤家の家臣が、松田求馬こと通春を知るはずもなかった。

実際、武士は怪訝《けげん》な面持ちである。

「直参の松田求馬殿です。榛名藩邸に出入りしておられるそうですぞ」

小峰は武士に告げた。

武士はそのことには答えず、

「紀藤家用人、工藤房之介《くどうふさのすけ》でござる」

と、慇懃《いんぎん》に一礼した。

案の定、紀藤家の家臣、しかも重役のようだ。大名藩邸出入りの旗本は、当然ながら藩主や重臣たちと交流、懇意《こんい》にしている。

まずいことになりそうだ。榛名藩邸に出入りしていないことがばれてしまう。

一瞬、危機感が押し寄せたが、そうなったらそうなったときだ。

なにも、榛名藩邸に出入りしていると偽《いつわ》って、なんらかの利を得たわけではない。通春は腹をくくった。

幸い、工藤は通春への不審を言いたてることはなかった。直参旗本と聞いて、安易に通春を糾弾《きゅうだん》するのは得策ではなく、榛名藩邸出入りを偽った狙《ねら》いを探りたいのかもしれない。

癖のある顔つきが物語っているように、腹の底を見せない。なにを考えているか不明だ。

とはいえ、都合が悪くなりそうになっても、おろおろしないのが通春である。

通春は小峰に向き、話題を変えた。

「先生、診療所を開けたようだけど、患者がいないね」

遠慮会釈《えしやく》もない問いかけも、通春らしい。

小峰は恥じることもなく、堂々と言い返した。

「目下のところ、患者を引き受けてはおらんのですよ」

「診療所を開けているのに……」

通春は首を傾《かし》げた。

「患者は受けつけておらんが、往診は行っておる、ということだ」

「なるほど……それで、榛名藩邸にも往診に行かれるのですな」

通春の言葉に、小峰はふたたび工藤を見た。

「あらためて、小峰先生を紀藤家の奥医師としてお迎えしたい、と拙者《せっしゃ》がまかりこした次第でござる」

工藤は言った。

「それで、先生、承諾なさったのかい」

通春は確かめた。

「榛名藩邸に住みこむわけにはいかぬがな」

小峰の言葉に工藤は、それでけっこうです、と応じた。

「お信殿にも会えるしね。おれも、いいと思うな」

通春も賛成すると、

「まあ、そうじゃな……」

なぜか小峰は、曖昧に口を閉ざした。

小峰のひとり娘、お信は、榛名藩前藩主、紀藤昌明の側室であった。昌明の男子、幸吉を産んだが、正室紗枝に疎《うと》まれて藩邸を追いだされた。

小峰の診療所を手伝い、医術を学んでいたが、紗枝の子の鶴千代が亡くなり、昌明も重病に臥《ふ》したことから、幸吉ともども榛名藩邸に連れ戻された。

昌明の死後、幸吉は鶴千代の身代わりとなって、紀藤家を相続している。

小峰の言葉を聞き、工藤の目が光った。

通春は、

「新しい藩主の鶴千代君、お元気かい」

気さくな調子で、工藤に問いかけた。

「極めてお健《すこ》やかでござる」

工藤はぶっきらぼうに返した。

「それはよかった」

通春も無難に返す。

言葉の継ぎ穂をなくし、沈黙《ちんもく》が訪れた。気まずい空気が漂う。それを掃《はら》おうと思案しているうちに思いだした。

「ああ、そうだ。風邪を引いてね、先生に診てもらおうと思ったんだけど、たいしたことないからいいよ」

通春らしからぬ遠慮をしたが、

「それはいかぬな。どれ、診てしんぜよう」

　小峰は親切に応じてくれた。

「いや、ほんとたいしたことはないし。いつの間にか、くしゃみも出なくなった。面と向かって名医に会って、風邪も退散したんだろうさ。先生が医師として復帰なさったことがわかって、安心したよ。てっきり、飲んだくれていると思ったからな」

　ここらが潮時《しおどき》と、通春は腰をあげた。

　帰り際、小峰は風邪薬を紙に包んで渡してくれた。代金は不要だという好意に甘え、通春は袖にしまった。

二

　小峰法庵の診療所をあとにし、往来に花を咲かす桜を眺めながら、ゆっくりと歩く。

　すると、雨で泥濘《ぬかる》んだ道を跳ねる足音が聞こえた。一定の間隔《かんかく》で、通春に合わせているようだ。

つまり、尾行《びこう》しているのだ。

通春は歩調を変えることなく進み、四辻《よつつじ》を右に折れた刹那《せつな》、天水桶《てんすいおけ》の陰《かげ》に身を伏せた。

やってきたのは、小峰の診療所にいた若者であった。若者は通春を見失って、きょろきょろと周囲を見まわした。

通春は、さっと若者の前に出た。

若者は驚きの顔で立ち止まる。

「おれになにか用かい」

通春はにやりと笑った。

「は、はい……」

若者は口の中をもごもごとさせた。

次いで、

「松田さま、お話が……」

と、思いつめたような顔で返した。

「だから、なんの用だ、と聞いているじゃないか」

通春は苛立《いらだ》ちを示した。

そうでした、と若者は詫《わ》びてから、

「わたしは青木《あおき》正太郎《しょうたろう》と申します」

と、小峰法庵の弟子だ、と言い添えた。

「立ち話もなんだ」

通春は周囲を見まわし、近くで話ができるところはないかと聞いた。青木はこの先に茶店があると答え、案内に立った。


ふたりは茶店に入った。

「ここの桜餅《さくらもち》は美味《うま》いのです」

青木は笑みを見せた。

春爛漫《はるらんまん》の昼下がりに、桜餅とお茶、なんともほんわかとしたやりとりである。

皿に盛られた桜餅を見て、

「桜の葉を取らないで召しあがってください」

と、青木は勧めた。

桜餅には手をつけず、

「それで、話とは」

通春は本論に入った。

「先生の身が心配なのです」

「飲みすぎなんだろう。医者の不養生とはよく言ったもんだな」

冗談めかして、通春は返した。

だが、それには乗ってこないで、

「先生が榛名藩邸の奥医師になることを、止めていただきたいのです」

青木は真顔のまま頼んだ。

「藪《やぶ》から棒だな」

通春は桜餅を頬張《ほおば》った。

なるほど、青木が美味いと言ったように、桜の葉の塩気が餡《あん》の甘味を引きだしている絶妙な桜餅だ。

「美味いな、これ」

通春が称賛しても、青木は硬い表情のままである。お茶で桜餅の甘味を消してから、

「あんたは、小峰先生の弟子になって古いのかい」

と、質問を変えた。

「わたくしは二十ですが、先生の弟子になったのは十五のときです」

「五年か……」

名医の弟子となって五年、きっと医術に対する知識を蓄《たくわ》えているだろう。町医者の看板を出せるくらいにはなっているのではないか。

問わず語りになり、青木の生い立ちがわかった。

青木は榛名藩の領内に生まれ育った。榛名山《はるなさん》の麓《ふもと》にある村医師の次男であった。父と兄の影響で医術を学び、医師を志した。

父から才能を評価され、父が懇意にしている榛名藩の藩士を通じて小峰法庵を紹介され、江戸に出てきて弟子となった。

「ならば、榛名藩の諍《いさか》いのことは存じているのだね。もちろん、お信殿や幸吉も見知っているよな」

通春も表情を引きしめた。

「榛名藩紀藤家のごたごたも、お信さま親子もよく存じております。お信さまには医術を教わったこともあります。お信さまは小峰先生ばかりか、江戸で高名な医師のもとで熱心に学ばれました」

姿勢を正し、青木は答えた。

お信が、医師への道を断念したことを残念がっているようだ。

「お信殿と幸吉のこともわかっているのだな」

念押しをした。

「はい、幸吉さまが鶴千代さまの身代わりになられたことも承知しております」

しっかりと青木は言った。

「それで、詳細《しょうさい》を聞こうか」

俄然《がぜん》、興味を抱いた。

あれから、榛名藩邸では不穏《ふおん》な動きがあるのだろう。大名家の揉《も》め事、密命将軍として、これほどの働き場所はない。

もっとも、御家騒動に介入し、改易《かいえき》に追いこむつもりはない。幕府に咎《とが》められる前に、御家が存続できるよう穏便《おんびん》な解決を目指すのだ。

「目下のところ、紀藤家はふたつに割れております。奥方さまこと紗枝さまと、お部屋さまことお信さまの一派です。もちろん、お信さまに邪心《じゃしん》などございません。まわりの者がお信さまを担《かつ》いで、藩の実権を握ろうと画策しておるのです」

紗枝は、紀藤家の存続を考えてお信と幸吉を迎えたものの、自分は前藩主の奥方であり、紀藤家の奥向きどころか、表向きの政《まつりごと》も仕切る立場にある、という気概を持っているそうだ。

一方で、そんな紗枝を快《こころよ》く思っていない藩士たちも大勢いる。それらの者たちは、自分たちを正当化するため、権威をつけるためにお信を担ごうとしている。お信は、藩主となった鶴千代こと幸吉の生母《せいぼ》ということで、藩邸内に大きな地位を築き、お部屋さまと称されていた。

「さきほどいらした工藤さまは、お信さまを担ぐ一派の代表でございます」

青木は言った。

「そういうことか」

工藤の癖のある顔を思い浮かべ、通春は得心《とくしん》した。

「そんな御家騒動に、小峰先生を巻きこませるわけにはいかないのです」

青木は語調を強くした。

「なるほど、いま奥医師になれば、奥方とお信殿、両派の権力闘争に巻きこまれるかもしれないな。奥方一派は小峰先生がお信殿の父親ということで、敵視するだろう。小峰先生はつらい立場に立たされるが、娘の身を案じて承諾なさったということか」

通春の推察を、青木は肯定《こうてい》してから、

「松田さま、先生を止めていただけないでしょうか」

「どうして、おれに頼むのだい」

「先生が診療所を再開する気になられたのは、松田求馬というお旗本に会ったのがきっかけだ、と申されたのです」

通春とざっくばらんに酒を酌《く》み交わしたことを、小峰は喜んだそうだ。酒をほどほどにしろ、という通春の忠告が、とくに心に響いたらしい。

名医と持ちあげられる自分に、健康について意見する者など、通春が初めてだったのだ。己《おの》が思いあがりを諌《いさ》め、酒を控えるうちに、医術への情熱がよみがえってきたのだという。

通春との再会を、小峰が喜んだわけがわかった。

「小峰先生の診療所、とてもきれいだったが、あんたが掃除をしているのかい」

通春の問いかけにうなずき、

「先生から、医術の基本は清掃だ、と教わりました。掃除も医術の一環《いっかん》だと思っております」

いかにも青木らしい。

診療所が閉鎖されている間も、青木は掃除を怠《おこた》らなかったそうだ。

青木へ好感を抱き、なんとか力になってやりたくなったが、小峰にはお信と幸吉への気遣《きづか》いがあろう。お信と幸吉の身を案ずるために、奥医師への復帰を承知したに違いない。

だとすれば、小峰を引きとめるのは憚《はばか》られる。

通春は、

「考えてみる」

とだけ告げて、青木と別れた。

外に出たのが災《わざわ》いして、風邪がぶり返したようだ。鼻水が溜《た》まり、聴力が落ちて周囲の喧噪《けんそう》が別世界のように思える。

丸太屋の離れ座敷に戻ると、コメがこちらを向いた。いつもなら、通春を見つけた途端に、にゃあお、と甘えた鳴き声をあげ、膝《ひざ》の上に乗ってくるのだが、今日は座敷の端に陣取って動かない。通春の迷いを察しているようだ。

「いかがされたのですか」

藤馬も、風邪が悪化したのではないか、と心配をした。その藤馬の声も、風邪のせいかぼやけて聞こえる。

「ああ、少しばかり疲れた」

通春は、寝る、と告げた。

さすがにお節介な藤馬も、これ以上は口出しをしなかった。寝る前に、小峰から貰《もら》った風邪薬を飲んだ。

三

明くる二日の朝のことだった。

昨日は早く休んだせいか、名医小峰法庵の薬が効いたのか、ぶり返した風邪が治《なお》っていた。鼻水は止まり、コメの鳴き声が明瞭《めいりょう》に聞こえる。

「松田求馬さまはいらっしゃいますか」

通春を訪ねて、女がやってきた。

豪華《ごうか》な打掛《うちかけ》に身を包んだ、武家の妻女である。どうやら、近くに駕籠《かご》を待たせているようだ。

「あの……」

藤馬は訝《いぶか》しんだ。

お信ではないか、と通春は見当をつけた。

「小峰法庵の娘、信と申します」

案の定である。

藤馬が、

「小峰殿と申されると……」

訝しむと、

「まあ、あがられよ」

通春は、お信を招き入れた。

お信は一礼をして、離れ座敷にあがった。

「どうして、ここが……」

通春の問いかけに、

「じつは、青木さんが確かめてくれたのです」

お信は答えた。

茶店で別れたあと、青木は通春を尾行したようだ。小峰のことで頭がいっぱいだったのと風邪のせいで、気づかなかった。

「わたくしが頼みました」

とも、お信は言い添えた。

「このような商家の離れで暮らしておるとは、意外に思われたであろう。じつは、小普請役《こぶしんやく》、つまり非役なのをいいことに、堅苦しい武家屋敷住まいから逃げだしておるのですよ。そう言っても、月に一度は屋敷に顔を出すがな」

もっともらしく取り繕《つくろ》うと、お信は疑うことなく、

「さようでございますか」

と受け入れた。

「おれになんの用かな」

小峰にかかわることだと見当をつけながらも問いかけた。

「お願いがあるのです」

お信は言い出しにくそうだ。

「榛名藩邸に、小峰先生が出仕《しゅっし》してほしくないのですな」

お信の心中を察し、通春は語りかけた。

「わたくしはそう願っております」

「それはどうしてですか」

藤馬はなんのことやらよくわからないようだが、通春とお信のただならぬ空気

から、安易に口を差しはさめないようで、珍しく口を閉ざしている。

「松田さま、くれぐれもご内密に願いたいのです」

お信は前置きをした。

「それは承知するが、そもそもなぜ、おれを頼ろうとするのだ」

「父が、松田さまはとても信用できるお方だと申しておるからです」

青木同様、お信も小峰から通春と酒を酌み交わしたことを聞いたようだ。

「それほどの者ではないが……おれのことはともかく、お信殿、それほどの危機を感じておられるのは、どうしたわけか」

「お聞き及びとは存じますが、前藩主の昌明さまがお亡くなりになり、紀藤家は大きく割れました。奥方さまが御家の実権を握ることを嫌がる方々が現われ、そうした方々から、わたくしが担がれるようになったのでござります」

「そうした御家騒動に、小峰先生が巻きこまれることを危惧《きぐ》しておられるのですな」

「さようです」

「具体的に、小峰先生はどのように巻きこまれる、と考えておるのかな」

お信に冷静さを保たせるため、通春は淡々とした口調で尋ねた。

ひと呼吸置き、お信は両目を凝《こ》らして答えた。

「奥方さまの毒殺です」

不穏なお信の言葉に、

「毒殺……」

通春は言葉を繰り返した。

藤馬も両目を見張った。

「父に、奥方さまを毒殺させようとしているのです」

お信はきっぱりと言いきった。

「しかし、そんなことをすれば、小峰先生は無事では済まぬと思うが……いくら藩邸の中の出来事とはいえ、奥方毒殺などという重大事が揉み消せるものではない。奥方派の家来も、大勢いるのだろう」

通春が疑問を呈すると、

「そのとおりです。毒を盛るなどの悪事が、わからないはずはないのです。それに、父が奥医師として藩邸に出入りすれば、奥方さまも警戒なさいます。それでも、父に奥方さま毒殺をさせようというのですから、用が済めば、父も口封じに殺されてしまうのではないでしょうか」

耳朶《みみたぶ》を朱《あけ》に染めてお信は述べたてると、自分の考えに怯《おび》えた。

「それは不穏ですな」

わざと通春は、乾いた口調で返した。

「……お助けください」

「しかし、どうやって助けろというのだ」

問い返したものの言葉足らずを感じ、通春は続けた。

「榛名藩邸内に逗留《とうりゅう》するわけにもいかぬではないか」

「ですから、父が奥医師になるのを、止めていただきたいのです」

「お信殿の気持ちはよくわかった。だが、小峰先生にすれば、お信殿や幸吉、いや、鶴千代さまを心配して、奥医師を引き受けたのではないのか」

通春の問いかけに、

「わたくしは覚悟しております。奥方さまも、紀藤家の世継ぎである幸吉の命までは奪いませぬ。ですが、わたくしは邪魔でしかありませぬ。幸吉が健やかに育ち、父が医師として生涯をまっとうできれば、わたくしは死んでもかまいませぬ」

と、お信は決意を示した。

強い意思を感じさせる、しっかりとした物言いであった。小峰法庵もお信も、むざむざと殺させてはならない、と通春は闘志が湧きたった。

しかし、どうすればいいいか。

たとえ、小峰に榛名藩邸の奥医師になることを断念させたとしても、お信が殺されてはなんにもならない。

目下、妙案は浮かばないが、

「承知した」

と、お信には伝えた。

「ありがとうございます」

希望の光が差したようで、お信の思いつめた顔がわずかながらやわらいだ。

四

具体的な行動に移ることもないまま、五日が過ぎた七日の昼である。

霞《かすみ》がかった空に雲雀《ひばり》の鳴き声が響きわたり、そこかしこから盛りのついた猫の鳴き声が聞こえる。ところが、コメは無関心なようで、ひとり、いや、一匹泰然《たいぜん》自若《じじやく》として、離れ座敷でうたた寝をしていた。

通春は藤馬に、小峰法庵とお信について事情を話した。説明しないと藤馬のことだ、執拗《しつよう》に聞いてくるに決まっているのだ。

まずは小峰を訪ねようかと思いたったところで、

「通春さま〜」

黄色い声とともに、お珠がやってきた。

手には読売を持っている。それを目聡《めざと》く見つけた藤馬が、

「なにか面白い記事があるのかい」

と、自分も野次馬根性丸出しで語りかけた。

「そうなのよ」

お珠は読売を畳に置いた。

今月の三日、某《ぼう》大名藩邸で食当たりが発生した、とある。

食当たり……。

通春は藤馬と顔を見合わせた。食当たりが毒を盛られた結果とは早計には決めつけられないが、ぎょっとする記事だ。

お珠が音読をした。

それによると、某大名屋敷の奥向きにおいて食当たりが発生した。宴の最中に食膳《しょくぜん》に箸《はし》をつけていた者のうちの何人かが、腹痛を訴え、死者も出た、と記してあった。ここまで読んだところで、

「死者って誰かしらね」

と、興味津々にお珠が言葉を区切った。

「書いてないのかい」

藤馬が口をはさんだ。

「ええっとね……なんだか、遠慮がちね。読売にしたら弱気よ」

ぶつぶつ文句を言ったあと、

「あら、小さく載っているわ。奥方さまもお部屋さまも食当たりに遭ったたって」

「こりゃ、大変だ」

藤馬は思わず大きな声を出した。

奥方さまが紗枝、お部屋さまがお信である可能性は否定できない。お信から毒殺の話を聞いたあとだから、そう勘繰《かんぐ》るのかもしれないが、気になってしかたがない。

「それで、ふたりの命は……」

藤馬がお珠に確かめたが、読売にはそれ以上のことは書いていない。だいいち、榛名藩邸かどうかもはっきりとしないのだ。

「どうしたの、とんまさん。似合わない真剣な顔をして……」

藤馬はお珠にからかわれ、

「そりゃ、あれだ……」

と、言いかけたものの、通春がお信から口留めされたことを思いだし、

「だって、大名の奥方や側室が食当たりになったんだよ。ただ事じゃないさ」

と、取り繕った。

するとと、お珠の目が輝いた。

どうやら野次馬根性に火がついたようだ。

「そうよ。これはきっと御家騒動なのよ。だからさ、このままじゃ済まないと思うのよね」

「この読売、お珠ちゃんが懇意にしている萬年屋で出しているね。萬年屋で、ネタ元を確かめてくれよ」

頼んでから藤馬は、

「ああ、そうか。ネタ元を明かさないのが読売屋の矜持《きょうじ》だって、萬年屋は言って

いたんだものな」

と、残念がった。

「そうなのよ。でも、どうしても気になるものね。あたしのほうで探りを入れてみようかしら」

すっかりと、お珠は乗り気になっている。

「そうだよ、お珠ちゃんなら、萬年屋だってぽろりと口を滑らせるかもしれないぞ。なんせ、日本橋小町《こまち》の評判を取る、別嬪《べっぴん》だからな」

わざとらしい世辞を藤馬は言いたてた。

その世辞には乗らなかったが、

「わかった。確かめてみるわ」

俄然やる気になって、お珠は離れ座敷から出ていった。

お珠がいなくなってから、

「読売で書いている某藩というのは、榛名藩に違いないですよ」

藤馬らしい決めつけであるが、

「そうかもしれぬな」

通春も断定こそ避けたが、間違いないだろうと思っている。

「としたら、萬年屋にネタを落としたのは……」

藤馬は首をひねった。

すると、

「どうやら、ネタ元が来たようだ」

通春は首を伸ばした。

小峰法庵の弟子、青木正太郎である。

「松田さま、大変なことになりました」

青木は通春の顔を見るなり、口走った。通春が目配せをして、藤馬が松田さまの家来だ、と自己紹介をする。

だが、青木は藤馬のことなど目に入らない様子だった。

「大変なこととは」

あくまで落ち着いて、通春は問いかけた。

「お信さまが毒を盛られました」

やはりか、と通春も藤馬も思った。ふたりがさほどの驚きを示さないのを見て、青木は訝しんだようだ。

通春が無言で、お珠が置いていった読売を青木に示した。

青木は目を見張った。

「どうして……読売が……」

驚いた青木であったが、すぐに読売屋への怒りに変わった。

「おのれ」

怒りをあらわにする青木を、

「まあ、そうかっかなさりますな」

藤馬が宥《なだ》め、お茶を淹《い》れた。

青木はお茶をひと口飲むと、落ち着きを取り戻したようだ。だがこの様子からすると、どうやら萬年屋のネタ元は青木ではないようである。

動揺したことを、青木は詫びた。

「それで、お信殿は無事なのかい」

通春が聞くと、

「小峰先生が治療を施《ほどこ》しておられます。今夜が山だということです」

青木は眉間《みけん》に皺《しわ》を刻んだ。

「それで、奥方は」

「奥方は無事です、というか、奥方さまは毒を盛られてはおりませぬ」

悔しげに、青木は顔を歪《ゆが》めた。

「やっぱり、奥方の仕業《しわざ》ですよ」

ここでさっそく、藤馬が決めつけた。

「奥方さまは、ひどいお方です」

同じ思いなのか、青木の顔が、怒りで朱色《しゆいろ》に染まる。

次いで、

「奥方さまの罪を暴きたいのです」

通春に助けを求めた。

「青木さんの気持ちはわかるが、奥方が毒を盛ったという証《あかし》がないことには、弾劾《だんがい》はできない。毒を盛られてから四日が過ぎている。証は残ってないだろう。だがせめて、そのときの様子が知ることができれば、打つ手はあるかもしれない」

通春は言った。

「それなら……」

青木が首を伸ばして見た裏木戸に、侍が立っていた。

榛名藩の用人《ようにん》、工藤房之介である。青木が、工藤を呼んだらしい。

工藤は一礼して入ってきた。

まず、

「お部屋さまであるが、どうにかお命は取りとめた」

と、告げた。

「ああ、よかった」

青木は安堵《あんど》のため息を漏《も》らし、関係ないのに藤馬も喜んだ。

「まずはひと安心でござるが、油断はできませぬ。よって、拙者、小峰先生をお部屋さまの枕元に侍《はべ》らせ、加えて警固の者もつけた次第でござる」

「奥方さまは……」

青木は嫌悪《けんお》感《かん》を募《つの》らせながら、様子を確かめた。

「至って、お健やかだ」

皮肉《ひにく》満々に工藤は答えた。

「おのれ」

青木は怒りを募らせた。

「ふたたび奥方が、お部屋さまのお命を狙う恐れは、多分にあるだろう」

工藤の考えに、異論をとなえる者はいない。

「まず、宴の様子を聞かせてくれないかな」

通春が問いかけると、

「ああ、そうでした」

青木は宴の様子を話すよう、工藤に頼んだ。

工藤はうなずき、語りはじめた。


宴は奥向きの座敷で、ごく限られた者だけでおこなわれた。

鶴千代が上段の間に座した。紗枝も上段の間に、鶴千代と並んだ。

座敷には、用人の工藤房之介のほかに、お信と奥女中が居並んだ。お部屋さまたるお信は上段の間に近い位置に、一同とは離れて席が設けられた。

また、鶴千代、紗枝、お信のみは、他の者たちとは別の料理が用意されていた。

宴がはじまって、半刻《はんとき》ほどが過ぎた。

蒔絵銚子《まきえちょうし》から杯に注《つ》いだ酒を飲み、お信が苦しみだした。

「お信殿は酒を召しあがるのか」

通春は確かめた。

「まったくの下戸《げこ》ではありませぬが、普段は口にされることはありませぬ」

工藤が答えた。

「その夜に召しあがったわけは」

通春は問いかけを続けた。

「奥方からの、たっての希望です」

紗枝はお信に酒を勧めた。当初は遠慮していたお信であったが、紗枝の執拗さに根負けして酒を飲んだという。

「奥方のほうは、酒を召しあがるのか」

「召しあがります。まずは酒豪の部類に入ると思いますな」

工藤の口調には、呆《あき》れた様子が滲《にじ》んでいる。

「その宴でも飲んでいたのだね」

「かなり召しあがっておられました……」

工藤は言葉を止めた。

「奥方は平気であったのだな」

通春は念押しをした。

「平気でしたが、ひとつ気にかかることがあります」

通春も藤馬も、工藤を注視した。

五

「奥方がお部屋さまに差し向けた蒔絵銚子は、お替わり、すなわちあらたな酒が入っていたということでござる」

　工藤が語ったところで、

「そこに毒が盛ってあったんですよ」

　藤馬得意の決めつけ、早合点が出た。

　通春は鼻白みながら、

「その疑いはあるが、それではあまりにも露骨に思えるな。毒を盛った、と知らせるようなものだ」

「そうだ、露骨すぎますよ。それじゃあ、自分が毒を盛ったって、白状しているようなものだ」

　途端に、藤馬は意見を変えた。

　藤馬の調子よさに、工藤も青木も戸惑いの目をした。

　しかし、藤馬はそんなことにはおかまいなしで、

「奥方は、お信さまの酒に毒が盛られていたことに対して、なんとおっしゃっているのですか」

と、涼しい顔で問いかけた。

「奥方はおおいに騒がれた」

そのときの情景が思い浮かんだのか、工藤は顔をしかめた。

紗枝は、お信が苦悶《くもん》して血を吐くと、立ちあがって絶叫した。自分に毒を盛ろうとした者がいる、と騒ぎたてたのだ。

「ずうずうしい奥方だ。自分で盛っておいて、そんなことを言うなんて。ひどいな。悪鬼のようなお方だ」

怒りに任せ、藤馬は紗枝を非難《ひなん》した。

「どうしてその場で、工藤殿は奥方を疑わなかったのかな」

ふと気になって、通春が工藤に尋ねる。

「それが……じつは、お部屋さまのほかにもうひとり、老女の月ヶ瀬《つきがせ》殿もお酒を召しあがったのです」

月ヶ瀬は、紗枝が実家から連れてきた老女中であった。紗枝の信頼の厚い侍女だそうだ。

月ヶ瀬はお信と一緒に、紗枝の杯を飲み干したのだ。

宴の席である。

「お信殿、笹《ささ》を召しませ」

今日、何度目かの酒を、紗枝は勧めた。

「奥方さま、わたくしは、お酒は苦手でござります」

こうやってお信が断るのも何度目かで、座敷の中の空気は淀《よど》んだ。

「お信殿はわらわの酒が飲めぬ、と申すか」

紗枝は酒をやや過ごしたこともあり、呂律《ろれつ》のまわらない口調でお信に絡んだ。

「決して、そんなことはござりませぬ。わたくしは不調法ですので、平にご容赦くださりませ」

お信は両手をついて容赦を願った。

そこで工藤が進言した。

「奥方さま、畏《おそ》れながらお過ごしかと存じます。今宵《こよい》はこの辺で、お休みになられてはいかがでござりましょう」

「控えよ！」

紗枝の目がつりあがり、工藤は平伏した。

座敷のなかに、緊張の糸が張りつめられた。

剣呑《けんのん》な空気は鶴千代にも伝わり、とうとう泣きだしてしまった。

さすがに紗枝は、

「おお、これは失礼したな」

と、鶴千代をあやしはじめた。

しかし、泣き止まない鶴千代に手を焼いたようで、

「殿はお休みじゃ」

紗枝は奥女中に命じて、鶴千代を連れていかせた。はらはらとした様子で、お信は目を伏せている。

ここが頃合いと見て、

「では、我らもお開きといたしますか」

工藤が声をかけた。

「ならぬ」

紗枝は鶴千代がいなくなり、ますます強硬《きょうこう》な姿勢を見せるようになった。

「奥方さま……」

諫めようとした工藤に、

「なんじゃ、わらわの言うことが聞けぬと申すか」

紗枝は怒りをあらわにした。

「奥方さま、お身体に障《さわ》りますぞ」

「わらわはな、お信殿に疑念を抱いておるのじゃ」

ふたたび、お信に絡みはじめる。

「奥方さま……」

「わらわの勧める酒を飲もうとせぬのは、わらわに疑念を抱いておるからであろう。わらわに毒を盛られると、勘繰っておるのではないのか」

紗枝はお信を見た。

お信は首を左右に振り、

「決して、そのようなことはございませぬ。わたくしは、奥方さまに邪《よこしま》な心があるなど、いっさい思っておりませぬ」

必死の形相《ぎょうそう》で、お信は言いたてた。

「口先だけでは信用できぬぞ」

それでも、紗枝は轟然《ごうぜん》と言い放った。

工藤が間に入り、

「申しましたように、お部屋さまはお酒が飲めぬのです。どうか、ご容赦くださりませ」

「なにも、がぶがぶと飲み干せ、と申しておるのではない。盃をあと一杯だけ、それが無理なら、口をつけるだけでもよい。いわば絆《きずな》の杯であるのじゃ」

もっともらしい顔で、紗枝は言った。有無《うむ》を言わせぬ調子である。

「ならば、代わってそれがしが」

工藤が上段の間ににじり寄った。

紗枝は憤《ふん》怒《ぬ》の形相となり、

「さがれ、無礼者！」

と、怒鳴りつけた。

工藤はその場に平伏したものの、

「拙者にもお盃をくださいませ」

と、申したてた。

「ならぬ、家来の分際で差し出がましいぞ」

紗枝は強い口調で拒絶した。

ここでお信が、

「奥方さま、お盃を頂戴《ちょうだい》いたします」

と、おずおずと申し出た。

「おお、よかろう」

にこやかに紗枝が応じると、すかさず工藤が、

「絆と申されるのであれば、奥方さまもお召しになられませ」

と、願い出た。

たちまち、月ヶ瀬がいきり立った。

「工藤殿、無礼ですぞ。奥方さまに、毒味をせよ、と申されるのと同じではありませぬか」

「決して、そのようなことはござらぬ」

工藤は否定したが、座敷の中にはいっそう張りつめた空気が漂った。

ややあって紗枝が、

「よかろう。わらわも飲む」

と、受け入れた。

月ヶ瀬も、

「わたくしが飲みます」

と、申し出る。

「よい、わらわが飲む」

それでも紗枝は主張を曲げない。

奥女中が、蒔絵銚子に盃を向けた。女中が酌《しゃく》をしようとしたのを、月ヶ瀬は、自分がお酌をする、と蒔絵銚子を女中から受け取った。

「では」

と、紗枝から酌をし、次いでお信の盃に酒を注いだ。

紗枝が杯を持ちあげ、飲もうとした。

それを、

「失礼いたします」

と、不意に月ヶ瀬が盃を奪った。

お信が杯に口をつけるのを見て、月ヶ瀬も飲んだ。

月ヶ瀬は酒が強く、杯の酒をあっという間に飲み干した。

お信も無理やり、盃の酒を全部飲んだ。

月ヶ瀬は笑みを広げた。

それを見て、

「ならば、わらわも」

紗枝が杯を差しだした。

「あぁっ」

突然、お信が苦悶の声をあげた。咽喉《のど》を両手で押さえて苦しみだす。

「お部屋さま」

すばやく工藤が、お信のそばに駆け寄る。紗枝が驚きの表情となった。

座敷の中は騒然となった。

「どうしたことじゃ」

すると、

「ううっ」

今度は月ヶ瀬が、苦悶の表情となった。次いで、

「ああ」

苦悶を深め、ついに畳の上を悶《もだ》え、吐血《とけつ》した。お信も同様に血を吐き、苦しみ悶えた。

女中たちは騒ぎだした。

「小峰先生を呼べ」

工藤が叫びたてる。次いで、

「奥方さまを、お部屋にお連れいたせ」

と、命じた。

「わらわは知らぬぞ。誰じゃ、毒を盛ったのは……白状せよ！　断じてわらわではない。むしろ、わらわは狙われたのじゃ」

自分が毒を盛ったのではない、と紗枝は喚《わめ》きたてながら、座敷を出ていった。

宴は、まさに阿鼻叫喚《あびきようかん》の場と化した。

小峰がやってきて、お信と月ヶ瀬に応急処置を施した。

しかし、月ヶ瀬は息を引き取り、お信は重篤《じゆうとく》となったのである。

小峰の診立てによると、毒は石見《いわみ》銀山《ぎんざん》、つまり砒素《ひそ》であった。

六

「月ヶ瀬が毒入りの酒を飲んだのは、どういうことですかね」

藤馬は真面目な顔で、疑問を投げかけた。

その答えを、藤馬らしく自分で答えた。

「これはきっと、月ヶ瀬はわかっていて飲んだんですよ。間違いないです。奥方は毒入りの酒を用意させ、それをお信に飲ませようとした。しかし、工藤殿に反対され、奥方も飲まざるをえなくなってしまい、その奥方の窮地《きゅうち》を、月ヶ瀬が救った、ということではないでしょうか」

藤馬の考えに、青木が賛同を示した。

「わたしも星野殿の考えと同じです。月ヶ瀬殿は、奥方さまの犠牲《ぎせい》になったのです。お信さまは九死に一生を得たものの、まことに気の毒としか申せませぬ」

通春は工藤に、

「工藤殿はその場におられたのでしょう。とんまの、いや、藤馬の考えをいかに思われる」

工藤はしばし思案ののちに、

「たしかに、月ヶ瀬殿は切迫《せっぱく》した様子でしたな。だいたい、奥方が飲もうとした盃を奪い取って飲むなど、普通ではおよそ考えられないことだ」

工藤の証言を受け、

「これで決まりだ」

藤馬は両手を打ち鳴らした。

「わたしもそう思います」

青木も言葉を添えた。

「となりますと、工藤殿、お信さまが心配ですな」

不安な表情で、藤馬が語りかける。

「さきほど申しましたように、小峰先生が枕元に侍っておられますし、周囲の警固も怠っておらぬゆえ、よもや危険はなかろうがな」

自分を納得させるように、工藤は答えた。

「いや、危ないですよ」

だが藤馬は主張を曲げない。

「わたしもそう思います」

心配のあまりか、青木も賛同する。

「これは、いよいよ乗りこむべきときが来ましたよ」

興奮しはじめた藤馬を、

「まあ、待て」

通春は諫めた。

「では、これで帰りますが、なにとぞ今後も、ご助勢のほどを」

工藤は慇懃に挨拶《あいさつ》をしてから腰をあげ、青木と一緒に出ていった。

ふたりがいなくなってから、

「通春さま、このままではお信殿は殺されてしまいます」

藤馬は危機感を募らせている。

「さりとて、おれが乗りこんだところでどうにもならんぞ」

言いながらも、通春は今後の算段で頭の中がいっぱいになっていた。


お珠は裏木戸の陰で、通春たちのやりとりに耳を澄ませていた。お珠の特技、「秘技耳澄まし」である。

交わされた会話により、榛名藩邸でなにが起きているのかが、おおよそ確認できた。

すると、

「お珠」

と、呼びかけられた。

ひとりの武士が立っている。

武士は菅笠《すげがさ》を右手で持ちあげた。ぎょろ目が際立つ異相だ。

公儀御庭番を束ねる、有馬氏倫《ありまうじのり》だ。御側御用取次《おそばごようとりつぎ》の要職にあり、将軍徳川吉宗が紀州藩主であったころよりの、股肱《ここう》の臣《しん》である。

「これは、有馬さま」

お珠はぺこりと頭をさげた。

「読売屋の萬年屋に投げ文をおこなわせたが、うまく転がったようじゃな」

してやったりと言いたげに、有馬はにんまりとした。

「通春さまも、榛名藩の御家騒動に興味を持たれたようじゃ」

「上さまは、榛名藩の動きをいかに思われているのですか」

お珠の問いかけに、有馬は顔をしかめる。

「大変に憂《うれ》いておられる。それでも、事は穏便に済ませたい。下手《へた》に荒立てて、改易や転封《てんぽう》にするおつもりはない」

「そこで、密命将軍さまの登場ということですね」

お珠が応じる。

「通春さまなら、うまくおさめてくれるはずじゃ。問題は、どうやって通春さまを榛名藩邸に介入させるかじゃが、すでに紀藤家の用人、工藤房之介とつながっているとは」

　さすがは通春さまだ、と有馬は誉《ほ》めそやした。通春とて、榛名藩の御家騒動を察知して、小峰法庵や工藤房之介と近づいたわけではないのだが、有馬は大事あるところ松平通春あり、と根拠《こんきょ》のない理由で感心した。

「大岡さまのご依頼で、小峰法庵と知りあわれたことが、功《こう》を奏したようです」

　冷静にお珠は、今回の一件を評した。

　それはそうじゃが、と有馬は受け入れ、

「さて、今回の御家騒動、通春さまはいかにおさめられるか」

　お手並み拝見だ、と言い添えた。

「紀藤家中から悪党どもを一掃《いっそう》できればよいのですが、そのあとのことも気にかかります。鶴千代さまは幼子《おさなご》、しっかりとした後見職が必要なのでは」

　お珠の考えを受け、

「上さまは、紀藤家の隠居殿を考えておられる」

　紀藤家前藩主昌明の父、昌文《まさふみ》は国許《くにもと》にある。その昌文を江戸藩邸に呼び、鶴千代の後見職となるよう、吉宗は求めているのだそうだ。

「近々、鶴千代さまは上さまの御目見得《おめみえ》をえる。その席上に、紀藤家の大殿・昌文さまをお招きになるはずじゃ」

自分の考えのように有馬は誇らしげだ。

それでも、

「さすがは上さまです」

お珠は感心した。

「何事もお見通しじゃ」

またも有馬は、自分のことのように自慢したが、今度はお珠もなにも返さなかった。


やがて、丸太屋の離れ座敷に、お珠が戻ってきた。

「お珠ちゃん、どうだった」

顔を見るなり藤馬が問いかけた。

お珠は、もっともらしい顔をして、

「萬年屋さんなんだけどね、投げ文があったんだって」

「投げ文……そいつは臭《くさ》いねえ」

藤馬は腕を組んだ。

次いで、

「こら、きっと紀藤家の中からの告発ですよ。ということはですよ、工藤さまに近い家臣の仕業なんじゃないでしょうかね。となると、紀藤家の御家騒動は、かなり切迫していますよ。お信さまがお命を取りとめたのは、不幸中の幸いでしたが、それがあらたな火種になる。工藤さまたちは、毒を盛ったのは奥方さまの仕業と思っていらっしゃる。奥方さまは、あくまで白《しら》を切っていらっしゃる。ですが、毒を盛られたのは事実なんですからね、このまま丸くおさまるはずはありません。奥方へ、工藤さまが反撃に出るか。いや、さっと報復《ほうふく》に出ますよ。萬年屋に投げ文をしたのは、自分たちの正しさを世の中に訴え、奥方さま一派への戦端を開いたのですよ」

ひどく興奮して、藤馬はまくしたてた。

暑苦しいばかりの藤馬を、お珠は白けた顔で諌めた。

「わかったわよ、とんまさん」

通春は黙っている。

お珠はさりげない調子で勧めた。

「工藤さまにつなぎをとり、家中の者になるべく知られないよう、お信さまのお見舞いをしてはいかがですか」

「よし、そうしましょう。工藤さまなら、うまく段取ってくれますよ」

すっかりと、藤馬はその気になっている。

「なあに、そんな、こそこそとしなくてよい。堂々と乗りこむ」

通春の考えを、藤馬は危《あや》ぶんだ。

「ええっ、正面からですか」

「ああ、かまわない」

通春は、天下の密命将軍だ、という自負に溢《あふ》れていた。

「わかりました。たしかにそのほうが、通春さまっぽいですね」

藤馬も調子よく賛同した。

お珠も異をとなえず、むしろ、そんな通春を頼もしげに見つめた。

七

明くる日の昼下がり、通春と藤馬は、愛宕《あたご》大名小路《だいみょうこうじ》にある榛名藩紀藤家の上屋敷に向かい、用人の工藤房之介を訪ねた。

今日の通春は、白絹地《しらきぬじ》に桜吹雪《さくらふぶき》を描いた艶《あで》やかな小袖に草色の袴、腰には村正《むらまさ》を差し、手には扇《おうぎ》を持っていた。

春風に長い睫毛《まつげ》が揺れ、切れ長の目が涼しげだ。

村正とは、妖刀《ようとう》と称される不吉な逸品《いっぴん》である。

なにしろ、徳川家康《いえやす》の祖父《そふ》・松平清康《まつだいらきよやす》殺害に使用され、父広忠《ひろただ》も家臣に手傷を負わされたといういわくがあった。

それればかりではない。

家康も、村正の鑓《やり》で怪我をし、嫡男信康自刃《ちゃくなんのぶやすじじん》の際に介錯《かいしゃく》に使われたのも村正、さらには、大坂の陣で家康を窮地に追いこんだ真田幸村《さなだゆきむら》も、村正の大小を所持していたという。

そんな妖刀を、通春は将軍吉宗から拝領していた。

「徳川家に禍《わざわい》をもたらす妖刀ゆえ、それを使って、この世の悪を成敗します」

吉宗から密命将軍に任じられた際に、通春はそう述べたて、吉宗の了承を得たのだった。

「ようこそお越しくださいました」

工藤に迎えられ、お信の様子を確かめた。

「だいぶ、お元気になられました。お粥《かゆ》でしたら、召しあがっておられます」

工藤に聞き、

「ほう。ならば、見舞おう」

通春は腰をあげたが、お信のほうからやってきた。

やつれた様子であるが、顔色はよくなっている。小峰法庵も付き添っていた。

「松田さま、わざわざお越しくださいまして、まことにありがとうございます」

お信は声音《こわね》にも張りがあった。

横で小峰が苦笑している。

「松田殿、思わぬ争い事に、巻きこんでしまいましたな」

「だから申したでしょう。おれは野次馬根性に富んでる男だと」

通春が返すと、

「そうでしたな」

小峰は笑った。

「ところで、毒は石見銀山であったとか」

通春は確かめた。

「そのとおりです」

「毒を盛った者はわかったのかな」

次いで、通春は工藤に聞いた。

「台所は無警戒でした。誰が出入りしても咎められなかった状況です。奥方さまの意を受けた者が台所に入ったとしても、毒を盛ることは可能でした」

下手人の特定はできていない、と工藤は答えた。

「奥方の仕業で間違いないのかな」

通春が疑問を投げかけると、

「おそらくは」

渋面《じゅうめん》となって工藤は答えた。

すると、廊下を慌《あわ》ただしい足音が近づいてきた。

「奥方さま……」

たちまち工藤は平伏した。

奥女中を引き連れた紗枝が、姿を現した。豪華な打掛の裾《すそ》が畳を引きずる。

上座《かみざ》に座ると、ちらりと通春と藤馬を見た。工藤が、直参旗本、松田求馬殿とご家来の星野藤馬殿だ、と紹介をした。

「なぜ直参が、当家にまいったのじゃ」

紗枝は通春から顔をそむけ、工藤に問いかけた。工藤が答える前に、

「お信殿の見舞いに来たんだよ。おれはね、小峰先生と懇意にしているからさ」

無礼《ぶれい》を顧《かえり》みない、ざっくばらんな口調で通春が言った。

紗枝は頰を強張《こわば》らせ、口をへの字に曲げた。

気にすることなく通春は続けた。

「お信殿の見舞いだけで来たんじゃないんだ。誰が毒を盛ったのか、それを確かめたいのさ」

「そなた……」

紗枝は驚きと怒りで、身体を震わせた。

「奥方が盛ったのかい。念のために言っておくけど、奥方みずから酒に毒を入れたって意味じゃなくて、誰かにやらせた……つまり、黒幕は奥方かって聞いているんだよ」

抜け抜けと、通春は問いただした。

両目を大きく見開き、紗枝は口を開こうとしたが、

「おっと、無礼者って叫ばないでおくれよ。無礼は百も承知なんだからさ」

人を食ったような物言いで、通春は釘《くぎ》を刺した。文句を言いたそうに、口をもごもごさせたあと、

「わらわではない」

と、紗枝はきっぱりと否定した。

「おれもそう思うよ」

意外にも、通春は紗枝の主張を受け入れた。これには、藤馬が首を傾げ、お信もおやっとなった。工藤は癖のある顔で、無表情を保っている。小峰は目をしばたたき、通春の言動を注視している。

「いま紀藤家中は、奥方派とお信派に割れているって耳にしたんだけど、なんだかおかしいよね。だってさ、例の宴の場に同席した表向きの家来は、工藤さんだけだったんだろう」

通春は工藤に確認した。

「そのとおりですが……」

通春の意図をはかるように、工藤は疑念の表情を浮かべた。

「宴の席だけじゃなくてさ、いまだって、表向きの家来は工藤さんだけだよ。もし、奥方派、お信派に家中が割れているのなら、宴の席やこの場に、奥方派の侍

がいるはずだろう」

通春は座敷を見まわした。

紗枝が怪訝な顔をし、

「なんじゃ、奥方派とかお信派とは」

と、工藤に問いかける。

「さて、拙者に聞かれましても……」

工藤は首を傾げてとぼけた。

「そなた……松田殿と申されたな。松田殿、当家は割れてなどおらぬぞえ」

紗枝は通春に言った。

「おれもそう思うよ。奥方がおっしゃるとおりじゃないのかな」

またも通春は、紗枝に賛同した。

黙っているのが我慢できなくなったようで、藤馬が口を開いた。

「奥方さま、本当に紀藤家に御家騒動はないんですか」

いかにも藤馬らしいあけすけな物言いであるが、紗枝は不快さを示しつつも、

「御家騒動などはない。お信殿の一子、幸吉が鶴千代として、紀藤家の家督を相続してくれて、御家は安泰《あんたい》じゃ。わらわは満足じゃ」

と、答えた。

「奥方さまが、藩政の実権を握るって言いますか……表向きの政にまで口出しをし、思うさま紀藤家の差配をなさりたいんじゃないのですか。そのために、お部屋さまが邪魔になった……いかにも読売が好きそうな話ですよ」

調子に乗って、藤馬は問いを続けた。

紗枝は失笑し、

「わらわは政になんぞ興味がない。そんな面倒なことには、かかわりたくはないわ。それに、お信殿を藩邸に呼んだのは、わらわじゃ。邪魔なら最初から藩邸に入れはせぬ」

「なるほど、そのとおりだ」

藤馬は両手を打って、紗枝の言葉を受け入れた。

次いで、

「すると、宴の席の毒入り騒動は、どういうことなのですかね」

腕を組んで、藤馬は考えこんだ。

悩める藤馬を横目に、通春はお信に問いかけた。

「お信殿は医術を学んでおられたのですな。青木さんから聞いたんだけど、小峰先生以外にも、高名な医者に学んだってね……その高名な医者のなかに、小柳順道先生がおられるのではないかな」

それまで目を伏せていたお信は、

「さあ、どうだったでしょう」

と、記憶の糸を手繰《たぐ》るように、斜め上を見あげた。

通春は、小峰に視線を移した。

「たしかに、お信は小柳先生に学んでおります」

小峰が答える。その声音と表情は、剣呑さに彩られている。

「そうでした。小柳先生に学びました」

ようやくのこと、お信は認めた。

「小柳先生は食当たりの権威だ。また、毒にもくわしい。石見金山を飲んだ旗本の命を救ったって耳にしたよ」

通春の話を、お信は黙って聞いている。

「石見銀山についても、小柳先生から教わったのだろうね。日々、少量ずつ体内に入れれば、石見銀山の毒に、ある程度耐えられる身体になる。もちろん過度に飲んだら命を落とすが、少量であれば命に別状はない。宴の席で月ヶ瀬さんは落命したが、お信さんは、苦しみはしたが命は取りとめたわけさ。小峰先生が奥医師になるのを止めたかったのは、御家騒動に巻きこまれるからじゃなくて、石見銀山の細工がばれるのを恐れてのことなんじゃないかな」

　通春は、お信を睨《にら》みつけた。

「まことか！」

　紗枝もお信を問いただした。藤馬は口を半開きにしている。

「お信さん、あんたは工藤さんと謀《はか》って、御家乗っ取りに出たんだろう。奥方があんたを邪魔にしたんじゃなくて、あんたが奥方をのぞきたかったんだ」

　語調を強めて、通春はお信を責めたてたあと、工藤に向いた。

「工藤さん、御家が割れているって吹聴《ふいちょう》し、奥方を悪者に仕立てたんだね。あんたや、お信さんの企みを、月ヶ瀬さんは気づいたんだろう。あんたが毒入りの酒を奥方に飲ませようとしたのを、身体を張って阻止《そし》したんだよ」

　通春は厳しい声で、観念しろ、と怒鳴った。

「言わせておけば調子に乗り、出鱈目《でたらめ》を申しおって」

　工藤は拳《こぶし》を握りしめた。

　ここでお信が、

「工藤殿、もはやこれまでですぞ……」

力なく語りかけた。

それでも工藤は、強気の姿勢を崩さない。

「松田求馬殿、いくら直参でも、大名家での事件に立ち入ることはできぬぞ」

動ずることなく通春は、

「それが、かかわることができるのだな」

と、返してから藤馬をうながした。

藤馬が通春の横に立ち、大音声《だいおんじょう》で告げた。

「ええい、控えよ！　このお方をどなたと心得る。畏れ多くも、徳川家御家門衆にして天下の密命将軍、松平主計頭通春さまなるぞ！」

紗枝は口をあんぐりとさせ、工藤は癖のある顔を引きつらせた。お信と小峰は驚きながらも、あわてて平伏した。

おもむろに通春は立ちあがった。

工藤が問いかける。

「畏れながら密命将軍とは……」

藤馬が答えようとしたのを通春は制して、

「八代将軍吉宗公に代わり、この世の悪を退治《たいじ》する役目さ。この刀でな」

と、妖刀村正を示した。

黒鞘《くろさや》に金泥《きんでい》で、葵《あおい》の御紋《ごもん》が描かれている。

やおら、工藤は腰をあげ、廊下に向かって大音声を放った。

「出合え！　曲者《くせもの》じゃぞ」

すると、

「工藤、無礼じゃぞ。控えなされ」

紗枝は諫めたが、

「こうなったら、奥方のお命も頂戴するまで。おお、そうじゃ。松平主計頭さまを騙《かた》る者が藩邸に侵入し、奥方を殺した、よって我らは曲者を討ち果たした、という次第じゃ」

工藤は高笑いをした。

「藤馬、悪党退治の前振りだ」

通春が扇を開き、藤馬は懐中《かいちゅう》から横笛を取りだした。

雅楽《ががく》で奏される龍笛《りゅうてき》である。

意外なことに、藤馬は龍笛の名手であった。

藤馬が龍笛を吹きはじめた。藤馬には不似合いな流麗《りゅうれい》な笛の音に合わせ、通春は扇を手に、舞いを披露する。扇には、黄金地《こがねじ》に葵の御紋が紺地《こんじ》で描かれている。すらりとした通春の舞いは華麗《かれい》だ。艶やかな小袖と相まって、あたかも別世界にいるようだった。

身が危険にさらされたというのに、紗枝はうっとりと見とれている。庭の桜の花弁を、春風が運んできた。

やがて、家臣が集まってきた。

通春は扇を閉じ、舞いを止めた。藤馬も龍笛を口から離し、懐中に仕舞った。

「冥途《めいど》への土産《みやげ》に、ひと差し舞ったか」

工藤は余裕の笑みを見せ、家臣たちをけしかけた。

「とんま、ゆくぞ！」

扇を帯に差し、通春は座敷を横切り庭におりたった。藤馬も続く。

家臣たちも、庭に殺到する。

「悪党、許さんがや！」

藤馬は名古屋訛《なま》りで叫びたて、大刀を抜き放った。

敵も抜刀し、通春と藤馬に迫る。

通春と藤馬は並び立った。

「思いきり暴れるぞ」

通春が妖刀村正を抜き放つ。

「望むところです」

藤馬は大刀を、大上段に振りかぶった。

じりじりと敵は間合いを詰めてくる。

「そろそろ、いきますか」

うずうずとし、藤馬は通春に許しを求めた。

「もう少しの辛抱《しんぼう》だ」

通春は諫める。

敵は三間にまで迫った。

ぎらぎらとした殺気を放っている。

「いくぞ！」

叫びたてるや、通春は飛びだした。

「おお！」

同時に藤馬も敵に斬《き》りかかる。敵は算を乱し、浮足立った。

気力を漲《みなぎ》らせ、通春と藤馬は暴れまわる。

刃と刃がぶつかりあい、青白い火花が飛び散った。

通春は、敵の鎖骨《さこつ》、眉間を峰打ちに仕留める。

藤馬は、侍たちの太腿《ふともも》や指を斬っていった。

呻《うめ》き声をあげながら、敵は地べたを這《は》う。

「なにをしておる。敵はふたりぞ」

苛立たしげに、工藤も大刀を抜くや庭に飛びおり、通春に向かってきた。

「おのれ！」

烈火《れっか》の勢いで、通春に斬りかかる。

すかさず、藤馬が間に割りこんだ。

「通春さまの前に、わたしと勝負だ」

藤馬は凛《りん》とした声で挑《いど》みかかった。

「駄目だ、とんまは引っこんでおれ」

通春は譲《ゆず》らず、工藤と刃を交える。

工藤は凄《すさ》まじい勢いで、斬撃《ざんげき》を加えてきた。一歩も引かず、通春は刃で受け止める。

鍔迫《つばぜ》りあいとなった。

顔を歪ませながら、工藤は力いっぱいに刀を押す。

咄嗟《とっさ》に、通春は後方に飛び退《の》いた。

工藤が前のめりになる。

すかさず通春はさっと横に避け、村正を横に一閃《いっせん》させた。白刃《はくじん》が一陣の風となって、工藤に襲いかかる。

村正が妖《あや》しい煌《きら》めきを放った。

ここで藤馬が、龍笛を吹いた。

すばやく通春は黄金の扇を広げ、頭上高く放り投げた。扇はひらひらと霞空を舞い、黄金色の花を咲かせる。

工藤は扇の輝きに目が眩《くら》み、大きくよろめいた。

通春は工藤の懐《ふところ》に飛びこみ、眉間に峰打ちを食らわせた。

たまらず工藤は、膝からくず折れた。

舞い落ちる扇の要《かなめ》を、藤馬が受け止める。

金色《こんじき》に輝く扇、紺地の葵の御紋が、周囲を睥睨《へいげい》した。

ひときわ甲高《かんだか》い龍笛の音色《ねいろ》の余韻《よいん》が、霞空に吸いこまれる。

桜吹雪が、通春と藤馬を包みこんだ。

工藤らを退治し、通春と藤馬は座敷に戻った。

お信は泣き崩れている。そのかたわらに、小峰が寄り添っていた。

紗枝は上座で、茫然《ぼうぜん》と座している。

「終わったよ」

通春は誰にともなく声をかけた。

はっとして紗枝は通春に視線を向け、無言のまま丁寧《ていねい》に頭をさげた。なにも言葉がないようだ。

小峰がそっと、お信の肩を叩いた。

お信は面《おもて》をあげる。小峰は懐紙を手渡した。お信はそれで涙を拭《ふ》き、通春に向いた。

「ご明察のとおりでございます。こたびの毒殺騒動、すべての責任はわたくしにあります」

声を振り絞り、お信は言った。

「なぜ、そのようなことを……」

悲痛な顔で、小峰が問いかけた。

覚悟を決めたようで、お信は居住まいを正した。

「幸吉、いえ、鶴千代廃嫡《はいちゃく》の噂を耳にしたのでございます……」

お信が告白をするのを、紗枝が遮《さえぎ》った。

「誰がそのような出鱈目を」

声を上ずらせた紗枝に気圧《けお》されたように、お信は口を閉ざしたあと、紗枝に向いた。

「工藤殿です。工藤殿は申されました。畏れ多くも公方さまが、御家門衆から紀藤家に養子入りをお勧めになっておられる、と。幼い鶴千代では藩政はままならない。御家門衆が藩主となれば、御公儀からの支援もあてにできる。御家は安泰だろうと、公方さまは内々に奥方さまに打診なさり、奥方さまもお受けになられる意向だ、と工藤殿は申されたのです」

「わらわは知らぬぞ。そのような話……」

紗枝は首を左右に振った。

次いで、お信を見返し、

「それで、御家門衆を迎える前に、わらわが鶴千代を毒殺しようと企んでおる、と工藤は申したのじゃな」

「さようでございます」

おずおずと、お信は首を縦に振った。

紗枝は顔をしかめ、

「わらわも徳がないのう。そのような世迷言が真実と受け止められるとは……憎むべきは工藤じゃが、わらわの不徳のいたすところでもる……」

と、みずからを悔いるように、眉間に皺を刻んだ。

ここで通春が口をはさんだ。

「その御家門衆とは誰だい。工藤さんは、誰とは言っていなかったのかな」

するとお信の両目が、かっと見開かれた。

「松平主計頭さま……と」

藤馬がきょとんとなり、

「なんだ、おれか」

通春は失笑を漏らした。

みなの視線が集まるなか、

「おれはなにも聞いていない。紀藤家養子入りなどという重大事、吉宗公がおれの耳に入れないはずはないさ。さっき、藤馬から紹介されたように、おれは吉宗公の代理を任された密命将軍だからな。お信殿、これではっきりしたじゃないか。工藤さんは嘘《うそ》を吐いたってな」

通春の話は説得力があった。

「まこと、わたくしが浅はかでございました。工藤殿の口車に乗り、取り返しのつかない罪なことをいたしました」

あらためて、お信は自分を責めたてた。

「工藤さんの企みを知らなかったとはいえ、おれも松田求馬で通さなかったら……松平通春だと素性《すじょう》を明かしていたらって後悔したよ。そうしたら、毒殺騒動は起きなかった。月ヶ瀬さんも、死ななくて済んだんだからな」

珍しく通春は、しんみりとなった。

座敷の中は、重苦しい空気が漂った。

沈滞《ちんたい》した雰囲気を破るように、小峰はこほんと咳払《せきばら》いをし、

「主計頭さまに責任はござらぬ。主計頭さまが素性を明かされては、密命将軍は務まりませぬからな。お信はわが子を守るためとはいえ、人の命を殺《あや》めてしまった。そのことは、償《つぐな》わねばなりませぬ。むろん、お信ひとりではなく、わしも負

うべきものじゃ」

と、淡々と述べたてた。

続いて藤馬も、

「そうですよ。通春さまは、ご自分のお役目を果たされただけです」

珍しくまともなことを言った。

小峰と藤馬の言うとおりとは思うが、通春としてはいまひとつ気が晴れない。

と、お信の右手に、きらりと光る物が握られている。懐剣を抜き、自害をするつもりだ。

通春は帯にはさんだ扇《おうぎ》を取り、懐剣目がけて投げつけた。扇は矢のように一直線に飛び、懐剣に命中した。

懐剣は扇とともに、畳に落下する。

それでもお信は、自害せんと懐剣を拾おうとした。やおら、紗枝が立ちあがり、お信より先に懐剣を拾った。

「奥方さま、死なせてください」

眦《まなじり》を決して、お信は訴えかけた。

「ならぬ！」

紗枝は凜とした口調で拒絶した。

「それでは、罪滅ぼしになりませぬ。月ヶ瀬殿を殺めた罪を、わたくしは命をもって償わねばなりませせぬ」

目に涙を滲ませ、お信は言いたてた。

「月ヶ瀬の罪滅ぼしは、一生をかけておこなうのじゃ。月ヶ瀬はわらわの身代りとなった。わらわも冥福《めいふく》を祈り続けねばならぬ……もう一度申すぞ。お信、そなたは生涯にわたり、月ヶ瀬の死を背負い続けよ。そして鶴千代を見守るのじゃ。月ヶ瀬も、鶴千代が立派な藩主となるのを草葉の陰から願っておるはずじゃ」

紗枝とは思えない慈愛《じあい》の籠《こ》もった目を向けられ、

「奥方さま……」

それ以上は言葉にならず、お信は嗚咽《おえつ》を漏らした。小峰は目頭《めがしら》を押さえ、藤馬に至っては、声を放ってもらい泣きをはじめた。


弥生もなかばを過ぎ、葉桜の時節を迎えた。丸太屋の離れ座敷で、通春はコメを膝に抱いている。

工藤房之介は切腹、お信は尼寺《あまでら》に入った。

小峰法庵は隠居し、診療所を青木正太郎に譲ったそうだ。

「近々、お信殿に続いて、奥方さまも髪をおろされるそうですぞ。鶴千代さまの後見職に、お祖父さまがお成りになった。なんでも、上さまのお取り計らいだそうですわ。さすがは上さま、ちゃんと紀藤家が立ちゆくように配慮なさいました。いやあ、上さまはさすがだがや」

名古屋弁混じりに、藤馬は徳川吉宗を誉めそやした。

「ほんと、よかったわ」

お珠もほっと安堵している。

「それと、怖いばっかりだと思っていた奥方さま、案外と心根の優しい方だったですわ。人は見かけによらん、見かけで判断したらいかん、ということだわ。なあ、お珠ちゃん」

訳知り顔で小言めいた言葉を投げかけられ、

「あたしはね、外面で人を判断したことはないの。とんまさんと一緒にしないで」

お珠は口を尖《とが》らせた。

反論したそうだが、藤馬は口を閉ざした。下手に言いたてれば、何倍も返されると危惧したようだ。

とんだ御家騒動だったが、落ち着くところに落ち着いた。
「花見に行き損《そこ》なったわ」
葉桜を見ながら、お珠は悔《くや》しがった。
にょあお、とコメが鳴いた。自分も行きたかった、と言っているようだ。
通春は、コメの頭を優しく撫《な》でた。
ふんわりと温かみのある春風が、通春を包みこんだ。

コスミック・時代文庫

密命将軍《みつめいしようぐん》 松平通春《まつだいらみちはる》

悪の華

2022年1月25日　初版発行

【著 者】

早見《はやみ》 俊《しゅん》

【発行者】

杉原葉子

【発 行】

株式会社コスミック出版

〒154-0002 東京都世田谷区下馬 6-15-4

代表　TEL.03(5432)7081

営業　TEL.03(5432)7084

　　　FAX.03(5432)7088

編集　TEL.03(5432)7086

　　　FAX.03(5432)7090

【ホームページ】

http://www.cosmicpub.com/

【振替口座】

00110-8-611382

【印刷／製本】

中央精版印刷株式会社

ISBN978-4-7747-6347-7 C0193